M-CLAVE™

REY CENA

M-CLAVE™

ATAQUE DE LOS HYOSTINOS

REY CENA

Para mi papa,

Espero que desde el cielo puedas leer este libro que con tanto cariño lo escribí, pensando en las historias de héroes con súper poderes que me contabas de niño.

ÍNDICE

PRÓLOGO

El sol escalaba rápidamente sobre el horizonte de la ciudad de Los Ángeles. El clima era inmejorable y La Galería estaba muy concurrida por las promociones que ofrecían varias cadenas de tiendas. Los enormes carteles estaban adornados con coloridos diseño en los que podía verse ropa, electrónica y otras ofertas de una gran variedad de productos.

Un hombre de unos treinta años caminaba lentamente arrastrando sus pies por el costado de las vidrieras. Llevaba un abrigo largo de color negro muy desgastado, al igual que su apariencia. Su avance se veía interrumpido por momentos, como si se quedara petrificado, para volver a caminar luego de unos segundos. La gente pasaba ignorándolo y en algunos casos, haciéndose a un lado para evitar acercarse.

Había llegado al patio de comidas, que comenzaba a poblarse tímidamente con algunas familias. Los gritos de los niños llamaron su atención, y levantó la cabeza como buscando de dónde provenían los sonidos. Sus ojos estaban de un color blanco apagado y sus facciones comenzaron a transformarse en muecas horribles. Por un momento era como si todo su cuerpo hubiera convulsionado, y se tensó como un arco.

Una familia se había acomodado en una mesa con sillones laterales de madera que resaltaban por su acolchado rojo. Desde esa ubicación se podía ver una fuente rodeada de adornos y globos muy coloridos. El niño estaba arrodillado contra la pared y frente a él su hermana con quien discutía a gritos en típicos juegos de niños. Su madre les levantó la voz para que dejaran de gritar mientras miraba a su marido buscando aprobación, pero el parecía más ocupado en luchar para poder acomodar su panza entre el espacio del sillón y la mesa.

—¡Ya dile algo a los niños! —objetó la mujer mientras el hombre levantaba su voz pidiéndoles que se sentaran y dejaran de pelear.

Ella tomó el menú para ver las opciones del día, mientras él se abrochaba uno de los botones de su camisa que se había zafado en el forcejeo con la mesa. Tomó el menú y fue en busca del sector de hamburguesas mientras los niños discutían acerca de quién pediría la orden más grande.

Ajenos a lo que sucedía a su alrededor la familia comenzó los preparativos para decidir el pedido mientras la figura amenazante se acercaba a ellos con la mirada fija. Ahora su forma de caminar había cambiado, como si algo se hubiera activado en él y con sus ojos en blanco se dirigió hacia la mesa. En este individuo se podía ver una camisa desalineada fuera del pantalón, completamente sucias ambas prendas. Sus manos iban apuntando hacia abajo con los dedos abiertos y tensos como si estuviera bajo los efectos de alguna droga. Las personas lo veían pasar y se detenían a metros para no interponerse en su camino, mientras otros simplemente se quedaban parados mirando consternados como se dirigía hacia la familia que estaba sentada. Un guardia de seguridad quien estaba en el piso superior notó la extraña situación y se dirigió rápidamente a la escalera eléctrica mientras llamaba a otros guardias por el intercomunicador. El drogadicto hizo un movimiento con su pie izquierdo, como si hubiera pateado algo, y aceleró el paso.

Los curiosos se habían comenzado a juntar detrás a unos diez metros de distancia y hablaban entre ellos; una madre que pasaba con su bebe se frenó y se dirigió a la salida, y otras personas también comenzaron a esquivar y a buscar a los guardias de seguridad ante la actitud sospechosa del hombre.

La mesera estaba de espaldas tomando el pedido de la familia mientras la madre hacía callar a los chicos que seguían con sus juegos y discusiones. El hombre se acercó haciendo a un lado a la joven mesera y golpeó con sus manos sobre la mesa mientras gritaba de forma frenética. El padre de los niños tiró el menú por el aire y la madre largó un grito junto con los niños mientras el hombre sacudía la mesa. El padre intento levantarse empujando con sus brazos al drogadicto, y grande fue su sorpresa cuando vio sus ojos blancos. Quedó paralizado mientras algunas personas que estaban cerca abandonaban sus mesas huyendo. Los niños gritaban mientras el hombre parecía convulsionado en un ataque de violencia y tomó al padre de los niños de la solapa de su camisa y lo hizo rodar fuera de la mesa. La mujer entró en pánico e intentaba cubrir a los niños abriendo sus brazos como si fueran una barrera protectora. Cuando iba a abalanzarse sobre ella, dos guardias de seguridad lograron tomarlo por los brazos, pero no lograban dominarlo. Empujó a uno de ellos contra una de las mesas y su cabeza chocó con esta, quedando tendido en el suelo. A unos metros llegaban otros tres guardias más que se arrojaron sin dudar mientras uno de ellos pedía más refuerzos. La gente comenzó a rodear la escena a unos veinte metros de distancia como si se tratase de una obra de teatro. Cuando lograron retirarlo de la mesa, el padre tomó a su mujer y a los niños que estaban en una crisis de pánico y se escabulleron fuera de la zona de conflicto. El drogadicto parecía tener una fuerza sobrehumana, y dos de los guardias quedaron tirados en el suelo mientras otro de ellos lo apuntaba con su pistola eléctrica. Los gritos se escuchaban en toda La Galería. El guardia disparó cuando el hombre se abalanzó con furia intentando tomarlo de la cabeza. La electricidad parecía no hacerle nada porque el *shock* eléctrico alcanzó al guardia quien terminó inconsciente. Otros guardias más habían llegado y dispararon sus táser, pero el hombre se arrancaba las agujas como si nada le hicieran. La situación se había salido de control, y parecía una fiera que no podía ser contenida por los tres guardias que ahora estaban de pie. A lo lejos se acercaban más hombres para intentar dominar la situación. Algunos hacían que la gente se retirara del lugar, que se llenaba cada vez más de curiosos. El hombre saltó sobre uno de los guardias y comenzó a darle con sus puños hasta dejarlo inconsciente, mientras otros dos lo golpeaban en la espalda. Se levantó y los tomó del cuello, el guardia sentía que le faltaba el aire, que era cuestión de segundos para que el drogadicto acabase con su vida. En ese momento se sintieron gritos, y el guardia comenzó a ver que su vista se nublaba, cuando sonó el primer disparo.

Varios tiros de pistolas impactaron sobre el drogadicto hasta que finalmente cayó. Tendido en el suelo, aún con sus ojos en blanco, parecía una estatua de mármol. Durante la caída, cayó de su bolsillo un pequeño frasco plástico de gotas para los ojos. En una etiqueta roja se podía leer Hyostine.

I. LA MAÑANA SIGUIENTE

El cielo estaba cubierto de estrellas. Desde la carretera parecía ser un tapiz brillante, como un manto de esperanza, luces que se abrían paso en la oscuridad. El carro iba lento y el parabrisas se cubría con los reflejos luminosos que parecían darle energía para continuar adelante. El tiempo parecía haberse detenido mientras Carlos viajaba hacia su casa. Sólo deseaba llegar y poder recostarse para recuperarse de todo el dolor que sentía en su cuerpo. Lo físico había pasado a segundo plano porque la angustia lo atormentaba aún más. Sus ojos iban empañados, pero sabía que no era momento de llorar sino de ser fuerte. El profesor había sido secuestrado y había tomado contacto con sus secuestradores. Se vio al borde de la muerte durante el enfrentamiento, su cuerpo estaba golpeado y las heridas aun dolían; su cabeza parecía a punto de estallar.

Su teléfono estaba lleno de mensajes de Cindy, y tenía varias llamadas perdidas. Respondió brevemente, el texto predictivo ayudó en la tarea «Nena, nos vemos mañana. Te amo».

Sólo sabía que debía llegar a su casa y descansar. Necesitaba reponerse.

La calle estaba vacía, el sonido de los insectos y la vibración de los faroles fueron los únicos testigos de su ingreso al hogar. Llevó consigo el estuche de la guitarra para ponerla a resguardo. Necesitaba conectar las piezas del rompecabezas, pero ese no era el momento.

Abrió la puerta y se deslizó a su cuarto. Guardó el estuche en su ropero y fue al baño a lavarse. Las heridas habían comenzado a ponerse moradas. Por suerte ya no sangraba y luego de limpiarse, fue a recostarse. Su cama lo recibió como si fueran los brazos de su madre, se acurrucó y el agotamiento lo venció hasta quedarse dormido.

Abrió sus ojos en plena oscuridad y divisó una luz que comenzó a parpadear a unos metros de distancia. Sus movimientos eran lentos, como si fuera una marioneta. Sentía como dolían sus piernas y su pecho, pero aun así sabía que debía caminar hacia la luz. Su cerebro se preguntó si sería un sueño. Tenía que serlo, pero no sabía cómo despertar. Avanzó y se encontró nuevamente en una calle desierta, apagada y oscura en la que la luz caía sobre una silueta que estaba frente a él. Estaba de espaldas, de rodillas con su cabeza inclinada mirando al suelo. Carlos intentó estirar su brazo que parecía quebrarse de dolor y tocó su hombro. Al darse vuelta vio a Rick, que lo miró fijo, con los ojos en blanco.

Los golpes de la puerta lo despertaron súbitamente, como si hubiera sido eyectado de su sueño. Confundido y bastante dolorido por los golpes, apenas pudo hablar. Su padre estaba preguntándole si estaba bien.

—Carlos, son más de las doce, ¿vienes a la mesa? —dijo con voz pausada.

—Si, ahí voy —balbuceó el muchacho mientras se incorporaba de la cama.

—Parece que han tenido una noche agitada hijo —dijo el hombre bromeando—, te esperamos.

—Si, dame unos minutos que quiero darme una ducha. —Y se acercó al espejo para ver cómo estaban sus heridas.

—Ok, hijo, tómate tu tiempo. —Y se fue al comedor.

Tenía un corte en la frente, su ceja y la nariz habían comenzado a ponerse morados. La nariz estaba hinchada y aún dolía. Por suerte no estaba quebrada.

Se metió rápidamente al baño para darse una ducha y cambiarse. Se puso un suéter y se tiró la capucha para evitar que pudieran ver sus heridas.

Al entrar al comedor, estaban todos mirando la televisión. El informativo estaba dando la noticia de unos ataques en la ciudad por parte de unos drogadictos:

«*… y dos guardias de seguridad han terminado en terapia intensiva donde están luchando por su vida. El atacante fue abatido durante el enfrentamiento. Varios testigos aseguraron que los ojos estaban de color blanco y la policía se ha negado a dar declaraciones al respecto —informaba el reportero con tono serio—. Otros ataques similares se han denunciado en estas últimas veinticuatro horas y al parecer todos relacionados con una droga denominada Hyostine sobre la cual sólo se sabe que circula en el mercado negro*».

Araceli se dio vuelta cuando percibió la figura de Carlos que se acercaba a la mesa.

—¿Hijo, que te ha pasado? —dijo la mujer levantando la voz con angustia y sorpresa a la vez. La capucha podía ocultar su frente, pero no el instinto de una madre.

—Estoy bien mamá.

—Déjame verte mi niño —dijo mientras se acercaba a él y los demás integrantes de la familia se daban vuelta para ver que sucedía.

Carlos odiaba que su madre le dijera así, como si fuera un chiquillo, pero, por otra parte, estaba lo suficientemente dolorido aún como para seguir sumando un malestar más.

—Hijo, tienes una herida en la frente, ¡mira tú nariz! —dijo la mujer mientras iba en busca de un poco de hielo.

—¿Qué te sucedió hijo? —dijo Robert sentándose a su lado y apoyando su mano en el hombro de Carlos.

Sus pensamientos volaban, debía mantenerse calmado, y no dar detalles de lo sucedido. No aún. Aprovechó la noticia del noticiero para disfrazar un poco el ataque.

—Sólo me quisieron robar papá, cuando los chicos me dejaron anoche, salí con el auto porque me había olvidado la guitarra y cuando estaba volviendo antes de entrar al carro se acercaron dos de esos tipos con los ojos en blanco.

—¿Y no fuiste a la policía? ¡deberías haberme llamado! —Su mano presionó levemente el hombro de Carlos en señal de protección—. Debemos ir a hacer la denuncia hijo.

—Papá, estoy bien. No han podido robarme nada, me defendí y escape.

—Podrían haberte robado lo más importante para nosotros, tu vida —dijo Robert y Carlos sintió un escalofrío recorriendo su cuerpo.

Kimberly y Christopher lo miraban en silencio hasta que ella decidió levantarse y acercarse para abrazarlo. Su hermano menor la imitó.

El noticiero seguía pasando las declaraciones de la familia atacada en el centro comercial y mencionaban a los agresores como hyostinos vinculándolos con la droga que se había encontrado en el lugar.

—Esta ciudad está cada vez peor —dijo Araceli mientras apoyaba el hielo en la frente del muchacho—, y ahora también hemos sido víctimas de esta agresión.

En la cabeza de Carlos daba vuelta aún su sueño, la imagen de Rick, la tarjeta que encontró al abrir la funda de la guitarra.

La palabra M-Clave era un enigma. Debía desentramar que había sucedido con el profesor. Sabía que, de alguna forma, había querido que la funda de la guitarra llegara a él, pero que significaba M-Clave.

Algo llamo la atención de Carlos sacándolo de sus pensamientos, y fue cuando vio una foto del profesor en la televisión.

«... *en otra información se ha encontrado un vehículo abandonado cerca del rio de Los Ángeles y según las autoridades pertenece al profesor de la Universidad de Los Ángeles Rick Thomas. No han podido encontrarlo por lo que se presume que ha sido secuestrado. Cualquier noticia de su localización, contactar a las autoridades...*»

—Súbitamente fue interrumpido por Christopher que mirando a Robert dijo:

—Cambiemos de canal papá. —Mientras tomaba el control. Sus padres asintieron mientras el niño buscaba una película en el cable deteniéndose en una de superhéroes.

Carlos había recibido un balde de agua fría. Necesitaba estar solo para poder pensar su siguiente paso.

Luego de que se estabilizaron anímicamente, almorzaron mientras trataban de convencer a Carlos de ir al médico para ver las heridas.

—Necesito ver a Cindy. Debe estar preocupada y quiero que sepa que estoy bien. Además, había prometido llevarla a un paseo.

—Creo que deberías descansar hijo. —Le dijo su madre sobreprotectoramente.

—Mamá, ya estoy mejor.

—Tu madre tiene razón, aunque también creo que te hará bien salir un poco si es lo que quieres hijo. Me gustaría que fuéramos al hospital para que te examinen antes —dijo el hombre con tono serio.

—Papá, si, necesito verla. Ok, iremos a examinarme y luego iré a verla, ¿sí? —dijo Carlos mientras movía el hielo a su frente.

Ambos asintieron y terminaron de almorzar.

Kimberly quería hacerle un montón de preguntas, pero sabía que su hermano no estaba de humor para hablar. Lo veía raro, notaba que algo no estaba bien, pero suponía que era por el asalto. Quizás su intuición la mantenía más alerta que el resto.

Christopher parecía haber olvidado la situación y estaba hipnotizado por la película de superhéroes en la que un hombre con una capa luchaba contra varios malvivientes haciéndolos volar por el aire. El personaje usaba una capa y un traje que parecía elastizado, y una máscara que sólo dejaba una franja abierta para sus ojos y su boca. Tenía técnicas de artes marciales que eran impresionantes. Los efectos especiales eran una delicia visual que el niño disfrutaba.

Robert fue a cambiarse y se aprestaron a salir. Tenía el contacto de un médico conocido de su trabajo llamado Mike. Un buen tipo con el que solía compartir algún trago de vez en cuando los viernes por la tarde. Luego de contactarlo partieron hacia su domicilio.

Su carisma y buenas relaciones públicas en el trabajo habían hecho que muchos de sus contactos fueran importantes.

Una vez en el carro, Carlos se tiró la capucha hacia adelante. Su padre trataba de no molestarlo y puso la radio. Para romper un poco el silencio, una vez que la música había comenzado, le dijo:

—Cuando salía con tu madre, recuerdo que la llevé a cenar a un bonito restaurante. Al volver la acompañé al autobús y luego me dirigí a tomar el mío.

—Giró el volante y siguió avanzando por las calles que, ese día, no estaban tan cargadas como los días de la semana—. Y vaya uno a saber porque, cosas de la juventud, me desvié una cuadra por un lugar que sabía que no debía ir.

Carlos escuchaba en silencio girando su cabeza y mirando a su padre desde dentro de la capucha.

—Y sabes, creo que fue porque me sentía genial, invencible luego de la hermosa velada que había tenido con tu madre. Me creí imbatible y sólo recorrí una cuadra por el lugar incorrecto, me asaltaron… —dijo pausando su historia como si se hubiera perdido en los recuerdos—, aunque sé que no reaccioné porque habíamos tomado unas copas con tu madre, y traté de dominar la situación. Tenía unos veinte dólares, así que cuando me apuntaron al pecho, les dije «quieren el dinero, tomen, llévenselo, sólo me importa mi credencial y mis documentos» y huyeron corriendo.

—¿Cuántos asaltantes eran papá? —preguntó Carlos intrigado.

—Tres, y uno no debía tener más de quince años. Los otros dos eran grandes como un armario, pero no pensaba en pelear o no. Lo único que me preocupaba era no volver a ver a tu madre, así que resolví la situación con calma. Creo que esas copas ayudaron, sino la historia pudo haber terminado mal.

—¿Por qué? digo, ¿no hubieras entregado el dinero?

—No hijo, el dinero era lo de menos. Sólo que me hubiera enfurecido de saber que esos asaltantes seguirían haciendo lo mismo a otras personas, y podría haberlos golpeado hasta que cayeran ellos o yo —dijo Robert con una mueca como si estuviera mordiéndose los labios.

Carlos no conocía ese lado de su padre y lo tomó muy por sorpresa. Él sabía que había reaccionado en forma muy inconsciente con los secuestradores. Estaba vivo de milagro y se sentía con mucho peso encima como para poder asimilar todo lo que había sucedido en las últimas veinticuatro horas.

Miró a su hijo y le dijo:

—Gracias a Dios las cosas se dieron así, y hoy estoy agradecido de que somos una hermosa familia.

El resto del viaje siguió en silencio salvo por la música que lo transportaba lejos.

Mike era un tipo alto con entradas pronunciadas en su cabellera. De contextura delgada y rostro amigable. Mientras lo revisaba, iba preguntándole como le habían pegado y si había golpeado la cabeza contra el suelo. Si bien las contusiones eran muy visibles, no parecía tener fractura alguna. Los hematomas se irían, al igual que el dolor de sus brazos y su pecho. Le dio unos calmantes y le dijo a Robert que, en caso de muchas migrañas, debían ir al hospital para hacerle unos estudios en la cabeza. También le dijo que debía tomarse unos días libres en la facultad para poder descansar y recuperarse. Carlos había omitido los detalles haciendo que su historia fuera similar a la que le había contado a su padre.

Al salir, Robert lo llevó a la casa de Cindy.

—Avísame si quieres que te busque hijo, sólo me llam…

—Si papá, quédate tranquilo —interrumpió Carlos—. Tomaré el autobús e iré por una zona segura. —Le dijo mientras se bajaba del carro.

Robert no pudo evitar sonreír y lo saludó mientras volvía a su casa.

Cindy estaba acercándose y corrió a darle un abrazo. La joven retrocedió cuando tiró la capucha hacia atrás y vio los golpes en su cara.

—¡Dios mío!, ¿qué te pasó? —exclamó la joven con el rostro angustiado.

—Sé que te debo una explicación. Pero ahora lo único que necesito es abrazarte. —Y la tomó entre sus brazos sintiendo que en ese momento ella era lo más importante del mundo, más importante que John, más importante que Rick, más importante que el traje.

Carlos sentía como si su alma quisiera salir de su cuerpo y fundirse con Cindy. En ese momento entendió lo importante de la anécdota que le contó su padre en el carro. Sintió una mezcla de angustia y dolor, y quería ponerse a llorar porque sentía mucha impotencia por lo sucedido y no podría exponer todo a Cindy. Respiró profundamente y mirando a la joven le dijo:

—Fui a ver al profesor y al parecer llegué tarde porque ya no estaba en el lugar que habíamos acordado. Al volver quise tomar un atajo y unos drogadictos me atacaron.

—Me cansé de enviarte mensajes para saber si habías llegado a tu casa —dijo ella con voz firme, pero sin recriminarlo.

—Si, lo sé. Por suerte no se llevaron mi teléfono y cuando llegué a casa estaba muy dolorido y no quería preocuparte más de la cuenta. —Le dijo mirándola a los ojos. Era consciente de que había omitido varios capítulos de la historia. Era como mostrarle sólo la punta de un *iceberg*.

—¿Y has ido al hospital?

—Recién vengo de ver a un médico amigo de papá —dijo anticipándose—. Estoy bien cariño. Sólo debo tener alguien que me ame como tú y me cuide.

—Deja de bromear, ¿Cómo no escapaste?

—No tuve chance, eran varios y me golpearon, pero cuando me defendí pude librarme de ellos.

—Pues déjame cuidarte entonces. Puedes quedarte si quieres, o podríamos ir a tu casa para cuidar de ti en la noche.

—Por ahora lo único que necesito es que vayamos a un lindo lugar. Necesitaba tanto verte que sólo pienso en el ahora.

La pareja se dirigió caminando a un café que estaba a unas tres cuadras. La tarde era cálida y agradable. Carlos se sentía aliviado de poder estar con Cindy, lo necesitaba con todo su ser. Pero también debía tener un poco de tranquilidad porque muchas cosas habían sucedido en poco tiempo y necesitaba organizar sus pensamientos y sus próximas jugadas.

El café tenía unas hermosas mesas rojas en la vereda. Algunas personas paseaban en bicicletas por la acera. Para separar la senda, se habían colocado unas cuerdas de color blanco que contrastaban con el rojo de las sillas y las mesas.

Decidieron sentarse fuera. Carlos la miraba y veía reflejado en sus ojos el color del cielo. La amaba con pasión.

Ella le devolvía las miradas con sonrisas, aunque el notaba que había algo que no estaba del todo bien.

—¿Qué quieres tomar? Un té, un refresco... —Le preguntó amablemente.

—Mmm… un té con jengibre. Hace unos días que no me vengo

sintiendo bien del estómago.

—Ayer estabas genial, ¿desde cuándo te sientes mal? —preguntó mientras tomaba sus manos.

—Es que no es algo de todos los días, por eso estoy preocupada también. Recuerdas cuando fuimos al Children's Miracle, ese día en la noche comencé a sentirme mal —dijo ella mirándolo—. Mañana iré a hacerme unos análisis. Iba a comentártelo anoche, pero no tuvimos oportunidad.

—Si me permites puedo acompañarte. Sé que debo hacer reposo, pero eres tan importante para mí que no podría dejar que fueras sola. —Le dijo el levantando la mano para llamar a la mesera.

—Ahora deberías estar en tu casa descansando. Me siento culpable de que estemos aquí.

—Yo me siento culpable de haberte dejado anoche Cindy. Dejemos atrás las culpas y disfrutemos lo que resta del día. No podré cargarte ni correr, pero al menos practicaremos para cuando seamos viejos y me debas cuidar —dijo en tono de broma.

—O tú a mí. —Le dijo ella siguiéndole el juego.

Ambos charlaron acerca del recital, que en la mente de Carlos parecía un recuerdo distante, de planes a futuro y de la universidad.

La tarde iba cayendo sobre la ciudad. La pareja se sentó en una silla de la plaza casi hasta la puesta del sol.

—Si quieres puedes quedarte en casa y mañana vamos al hospital para que te hagas esos estudios. —Le dijo mirándola con cariño.

—Y tú puedes aprovechar para hacerte esa radiografía que te dijo el médico. —Le dijo ella con tono severo.

—Trato hecho.

Se besaron y se encaminaron al autobús.

II. BRUSCO DESPERTAR

Un lapicero trazaba suaves contornos en el sobre. La M mayúscula parecía ser la clave musical sol con sus vueltas, y el guion, un silencio entrecortando las palabras. M-Clave.

«El futuro de la humanidad…», pensó Rick, lo dijo en voz alta pero no sonaba muy convencido. «El futuro de este mundo…», y cerró los ojos mientras cerraba la frase y la repetía: «El futuro de este mundo está en tus manos». Ahora estaba completa.

Dio vuelta el sobre y escribió la frase. Miró el sobre con una mirada reflexiva, le dio vuelta y lo guardó dentro del estuche. No había tiempo que perder, así que salió de la habitación del motel dirigiéndose al concierto de los *EZ Doors*.

Al abrir la puerta, todo el entorno cambió, se encontró en el laboratorio que estaba iluminado por los monitores y una luz vertical que caía sobre una mesa. Una impresora 3D estaba generando piezas de un material flexible. Las luces parpadearon indicando que ya estaba listo, abrió la compuerta y tomó los artefactos que incorporó rápidamente en una máscara. En uno de los monitores se desplegaban diversas curvas de transferencia de información. Los colores azul, verde y violeta invadían la pantalla. Tomó una herramienta que tenía la forma de un lapicero. Era un soldador láser con el cual realizó varios ajustes sobre el traje. Ingresó los códigos en la computadora y dijo una palabra en voz baja. Algo pareció iluminarse en la máscara y los indicadores en pantalla mostraron marcas en verde. La sincronización y los ajustes estaban finalizados.

La imagen se esfumó mientras la luminiscencia de la habitación lo despertó. Estaba muy iluminada, con focos de luz fría que daban un aire siniestro como si estuviera solo en el ártico. El techo era alto, y parecía a prueba de ruidos. La única puerta estaba cerrada y tenía una ventana enrejada. Rick intentó incorporarse de la cama sobre la cual estaba recostado, pero el dolor de su espalda y cabeza le impidieron hacer mucho más que abrir los ojos y volver a cerrarlos. La luz lo estaba lastimando, pero a esta altura, eso era el menor de los dolores que sentía. Hubiera querido seguir en su sueño, dentro del motel y poder cambiar el destino de los acontecimientos, torcer el curso de la realidad que desgraciadamente era otra.

Con los ojos cerrados, recorrió mentalmente sus últimos recuerdos, el motel, Ying, el secuestro, el estuche de la guitarra y Carlos.

Sintió angustia y dolor mientras las lágrimas caían lentamente por el costado de sus ojos. No podía contenerse, pero trató de tener sangre fría y resguardarse en su mente, el único lugar que aún era infranqueable.

Su única compañía era una foto de su hijo, Eddie, que siempre guardaba en su cartera. Al mirar su imagen recordaba todo lo bueno que había pasado en su vida y que todo lo que había logrado había sido por él.

Intentó moverse sin mucho éxito pues su cuerpo dolía como si se hubieran roto todos sus huesos.

La puerta se abrió y entraron dos hombres. Rick veía todo borroso, apenas podía distinguir a uno que estaba vestido de blanco y parecía ser un enfermero. El otro hombre era familiar, horriblemente familiar. Se trataba del doctor Rex.

—Nos volvemos a ver Rick. Lamento que sea en estas circunstancias, pero las cosas se complicaron más de la cuenta —dijo en un tono frívolo y cortante.

Rick quiso articular unas palabras, pero se sentía lejos de poder articular ni siquiera una, como si sus cuerdas vocales no reaccionaran.

El enfermero se acercó, ajustó unas correas a la mitad de su cuerpo y abrochó una que estaba a la altura del pecho, inmovilizando totalmente a Rick. Abrió sus ojos y le puso una gota en cada ojo. Rick intentó forcejear con sus últimas fuerzas, pero sentía que no tenía forma de resistir lo inevitable.

—Querido amigo, podemos hacer esto muy breve, si tan solo nos dices donde está el traje —dijo mientras la cara del doctor Rex se acercaba del otro lado y le hablaba con un tono amenazador.

El enfermero le puso una inyección a Rick en su brazo izquierdo. El pinchazo lo hizo reaccionar pues sus venas comenzaban a hormiguear. Todo dio vueltas durante unos segundos mientras su cuerpo se tensó y luego sintió que se hundía en la cama. Abrió los ojos como si le hubieran puesto adrenalina.

—Hemos revisado su casa y no se encuentra allí. Tampoco está en SkyGold con lo cual, sólo nos queda pensar que pudo haberlo escondido en otro lado, o quizás pudo habérselo dado a alguien.

—Búscalo en… el… infierno —dijo Rick sintiendo que gastaba todo su aire articulando esa frase.

—Entonces tú nos guiarás al infierno querido colega. Porque tu estadía será larga y agonizante hasta que hables de una vez y nos entregues el traje. Esto que te voy a poner te hará sentir mucho mejor. —Y acto seguido, Rex hizo un ademán al enfermero quien se acercó con un frasco diferente y le puso una gota en cada ojo a Rick.

Algo no iba bien, sus ojos ardían, como si hubieran echado ácido en ellos, su cuerpo convulsionaba y sentía un escalofrío recorrer su espalda. De golpe dejó de ver las luces, la habitación, las figuras y todo se puso de un color blanco, como si cayera dentro de un pozo de crema. Sentía que no podía respirar, que se agitaba y necesitaba liberar sus brazos. El efecto duró unos minutos y luego se desmayó inerte.

El enfermero nuevamente inyectó a Rick quien volvió en sí como si lo hubieran sacado de una pesadilla.

—¿Qué tal ha estado el infierno? —decía Rex sarcásticamente—. Podemos hacer esto todo el día. Mientras puedas, sugiero que hables.

—¡Púdrete! —dijo Rick intentando moverse mientras algunos gritos de dolor comenzaban a surgir de su garganta.

Rex hizo un nuevo ademán al enfermero, quien repitió el procedimiento.

Rick sentía que perdía su consciencia, que no podía trazar una estrategia o una mentira siquiera. Sólo sabía que había mucho en juego y que no podía mencionar a nadie. Se aferró a la imagen de Eddie, su hijo. Trató de imaginar que su dolor era peor y aguantó hasta que sus fuerzas le permitieron y desmayarse de nuevo.

—No te escaparás tan fácilmente —vociferó Rex y mirando al enfermero le dijo—: sube la dosis y vuélvelo a traer. Cuando el infierno lo haga arder se quebrará.

—Es muy arriesgado subir la dosis doctor.

—¡Hazlo! Lo llevaremos al límite.

—Puede degradar sus células cerebrales de forma irreversible doctor.

—¿Acaso debo repetirlo una vez más? —Y lanzó una mirada filosa y penetrante como si fuera una daga.

El enfermero repitió el procedimiento sin articular palabra. Una vez más Rick volvió y esta vez sentía que su cuerpo ardía en llamas, quería arrancarse los ojos, pero sus brazos estaban inmóviles. De repente su nariz comenzó a sangrar y Rex maldijo.

—¡Maldito seas! ¡Llama al equipo, no debe morir aún! —Y apretó los puños hasta que sus nudillos quedaron blancos.

El enfermero llamó por su comunicador al equipo médico para nivelar a Rick que había comenzado a tener convulsiones.

Rex siguió insultando mientras se retiraba dando un portazo.

***

El humo del cigarro trazaba figuras danzantes en el aire. Ying miraba el horizonte desde su departamento tratando de calmarse luego del ataque a Rick en el motel. Había logrado escaparse antes que llegase la policía y, por primera vez en su vida, se sentía desprotegida e insegura. Él había salido en las noticias, y de no haber sido por el dueño del motel que reportó el hecho, nadie sabría que Rick, el prestigioso profesor universitario, había sido secuestrado.

Le daba escalofríos pensar que debía volver a las oficinas de SkyGold. Sin embargo, debía actuar tranquila como si nada hubiera pasado, si quería investigar el paradero de Rick. Sólo había recibido la notificación de cancelación de todas las reuniones de la semana.

El insomnio la había acompañado gran parte de la noche, y durmió sólo unas horas antes de que la alarma la despertara. No podía dejar de pensar en el destino de Rick. ¿Por qué se lo habían llevado?, y ¿a dónde?

Se dio un baño y luego de cambiarse, salió en su carro hacia la oficina. De pasada compró un periódico para ver si había alguna noticia del secuestro. Al llegar, la recepcionista cruzó algunas palabras comentándole acerca del secuestro del doctor Rick en las noticias. Hablaron brevemente y se retiró pensando en lo angustiante de la situación al no poder acudir a la policía. No hizo falta, pues minutos más tarde entraron al edificio dos agentes uniformados.

Al llegar a la oficina, sonó el teléfono y la recepcionista le indicó que debía presentarse en la sala de reuniones.

Ying estaba nerviosa. Su pulso temblaba mientras colgaba y pensó que lo mejor sería permanecer callada y hablar sólo cuando se lo pidieran.

Se dirigió a la sala de reuniones donde ya estaban dos ingenieros del área de tecnología que solían trabajar con Rick, Debbie, la recepcionista y el doctor Rex, que miraba serio como una piedra como si pudiera traspasarla con su vista de rayos X.

Ying saludó y tomó asiento mientras Rex hacia entrar a los oficiales.

—Imagino que se habrán enterado de la desaparición del profesor Rick Thomas. Al parecer fue secuestrado el fin de semana y cuando el hecho se hizo público, la universidad ha hecho la denuncia correspondiente. Los agentes están aquí para tomar declaraciones de los empleados que han estado en contacto con él durante la semana —dijo Rex mientras tomaba un sorbo de agua y continuó—. Creo que la persona con la que deberían comenzar es con su secretaria, la señorita Ying, la mujer que sabe todos los movimientos de Rick en la empresa.

—Estoy a su disposición oficiales. Me enteré de la noticia al llegar a la oficina. El fin de semana estuve fuera de Los Ángeles visitando a una amiga. Realmente me ha dejado muy preocupada —dijo tratando de no titubear con su voz.

Rex estaba atento a todos sus movimientos, como si estuviera leyendo su mente. Había notado que Ying se había tocado fugazmente la nariz y sus ojos se habían desviado mientras hablaba. Fue algo imperceptible para una persona común y corriente, pero no para Rex que sabía reconocer ciertos gestos y comportamientos humanos, especialmente cuando plantaban una historia que no era verdadera. La sospecha había plantado una semilla en la joven por parte de Rex.

—Sólo le haremos unas preguntas señorita —dijo uno de los oficiales que se presentó como Michael Petrucci—. Si nos permiten, quisiéramos utilizar la oficina de enfrente y los iremos haciendo pasar de uno en uno.

—Oficiales, todo el personal está a su disposición para lo que necesiten. También estarán presentes dos abogados de la empresa por cuestiones de confidencialidad y reserva de nuestros empleados —dijo Rex invitando a los oficiales a tomar la sala de reuniones contigua.

—Señorita Ying, luego de terminar su declaración, le pido que se acerque a la oficina. Debo hacerle unas preguntas acerca de los temas en los cuales estaba trabajando Rick para poder seguir su agenda —dijo y salió sin más dando la espalda.

Ahora sí que se encontraba completamente desarmada y los oficiales habían pasado a ser el menor de sus problemas. Sabía que algo no iba bien con la expresión de Rex. Debía seguir adelante a como diera lugar. Aún en la peor desesperanza, había un rayo de luz y esa pequeña llama era la que la mantenía entera y alerta.

Luego de la declaración, se dirigió a la oficina del doctor. Pasó por la oficina de Rick, que estaba a oscuras, y sintió como si hubieran apretado su corazón. Su cabeza la estaba matando y fue a fumar un cigarro antes de ver a Rex.

Su mente cuestionaba una y otra vez, ¿dudé cuando hablé? ¿Sospechará algo? ¿Rick, estás vivo?, ¿dónde estás?

Claramente su semblante la mostraba agobiada y las ojeras, por la mala noche, eran una señal visible que el maquillaje no había logrado ocultar del todo. Se perfumó para quitarse el aroma del cigarrillo y se dirigió con paso tranquilo a la oficina.

—Adelante señorita Ying. —Escuchó cuando ella golpeó la puerta.

—Con permiso —dijo la joven ingresando con una carpeta en la que solía llevar documentos y correos de la agenda de Rick.

—Tome asiento, esta noticia nos ha sorprendido a todos. ¿Tuvo alguna noticia de Rick el fin de semana?, ¿algún mensaje?

—No. Los fines de semana trato de tener una vida alejada de cuestiones laborales, salvo por alguna reunión de última hora o cambio de agenda. Pero este fin de semana no ha sido el caso.

—Y ¿recuerda algo que haya mencionado Rick acerca del proyecto? —dijo el hombre mirándola fijamente como si fuese un detector de mentiras.

—La semana pasada mencionó algo de volver a reprogramar un viaje que tenía pendiente. Luego los seguimientos con los proveedores habituales —dijo ella tratando de sonar calmada y sin acelerar su respiración—. Se le notaba agotado, como si necesitara unas vacaciones.

—Claramente no se ha ido a Las Vegas de viaje señorita Ying —dijo en forma despectiva—. En cuanto a su agenda, por el momento estará asignada al sector de logística. Me haré cargo de la agenda del doctor Rick personalmente. Le pido que me transfiera los últimos correos y documentos para poder seguir con esos temas.

—Ok. Ahora le envío todos los correos y temas pendientes —dijo Ying con cierta sorpresa, pues había sido removida de cualquier vínculo que tuviera con Rick, laboralmente hablando.

—Hemos terminado por el momento señorita Ying —dijo sin mirarla, prestando atención a un mensaje que había recibido en su teléfono—. Puede retirarse.

Ying se levantó haciendo una reverencia con su cabeza y se retiró de la habitación con una sensación de haberse metido en la boca del lobo. Debía moverse rápidamente para no ser devorada.

***

Carlos arrancó el carro para acompañar a Cindy al hospital. Su cuerpo estaba muy dolorido por el ataque y necesitaba descansar. Había pedido prestado el carro a su padre para poder llevarla al hospital. Luego pasaría por el trabajo de Robert y volverían juntos.

Al girarse, notó en el tapizado trasero una mancha de sangre que había quedado cuando bajó el estuche. ¿Cómo se le había pasado eso?

Por suerte, Robert no lo había notado a pesar de que el carro había quedado limpio el día anterior.

Sus brazos le dolían cada vez que giraba el volante. Redujo la velocidad y eso le permitió que sus músculos no tiraran tanto.

Cindy lucía bellísima con una sonrisa radiante, pero algo más apagada, como si estuviera agotada. Parecía que todos sus dolores desaparecían cuando se veían. Para cortar el silencio, pusieron un CD de canciones que ella le había traído.

—¿Cómo te sientes preciosa? —Le dijo Carlos acariciando su cabello.

—Estoy mejor que ayer, pero luego de desayunar me ha venido ese dolor punzante.

—Quizás necesitamos tomarnos unos días para cuidarnos. Aún me puedo mantener de pie —dijo él bromeando y haciendo una mueca como si mantuviera el equilibrio con sus brazos.

—Tú deberías estar descansando. Agradezco que me lleves, de hecho, me encanta que me acompañes, pero tú también estás malherido y recuperándote. Anoche te quedaste dormido a media película.

—Solo daños colaterales —dijo Carlos mientras el dolor parecía activarse cuando frenó el carro en un semáforo.

—Si tú no estás bien, no podrás cuidarme. —Le dijo ella—. Si yo no estoy bien, tampoco podré cuidarte.

—Pues estamos los dos apoyándonos uno en el otro amor. —dijo y se acercó a besarla a pesar del dolor en el área de sus costillas.

El hospital era un edificio enorme que parecía un hotel. Estacionaron el carro cerca de donde comenzaban a extenderse las palmeras. La sombra acariciaba el techo cuando se bajaron. Cindy se anunció en la recepción y luego de verificar sus datos, le asignaron un número de llamada.

En la sala de espera, había una madre con un coche de bebé de color rosa. La mujer sacó a la niña y la sostuvo en sus brazos mientas la hacía jugar y la beba se reía.

Carlos cruzó una mirada con Cindy y cuando la beba los miraba ella le hacía ojos y el muchacho la saludaba.

La beba reía y se divertía con la pareja. La madre les devolvió una sonrisa mientras la volvía a acomodar en el cochecito y le daba un biberón con agua. La pareja estaba tomada de la mano, y el intentó pasar su brazo por detrás de la joven para abrazarla. Sentía que la amaba con todas sus fuerzas y quería tenerla cerca. Le dijo en tono serio:

—¿Te imaginas cuando…? —Y miró al bebé.

—¿… cuando terminemos la universidad? —dijo ella con tono picaresco. Cindy sonrió y lo besó.

La espera duró sólo cinco minutos y llamaron a la chica para hacerle los estudios. Carlos se apoyó contra el asiento y cerró sus ojos mientras esperaba que terminaran. A pesar de la felicidad que sentía por estas allí, la angustia aún seguía como una espina. La imagen de Rick, la pelea con los hombres de los ojos en blanco, las noticias de los hyostinos. Todo parecía estar conectado, pero era algo que aún debía resolver. El único asunto es que no sabía cómo. Se sentía solo, más solo que nunca.

No había tenido tiempo de examinar el estuche. Estaba resguardado en su cuarto. Necesitaba descansar para recuperarse.

Luego de unos treinta minutos, Cindy salió y por su semblante parecía agotada.

—Si quieres podemos ir a tomar algo, aún tengo una hora antes de pasar a buscar a mi papá.

—Si no te molesta, quisiera ir a casa. Hace un rato no me he sentido bien y me han dado unos analgésicos. Me han dicho que repose y creo que tú también deberías hacer lo mismo —dijo la muchacha con tono cansado.

—Lo que tú digas hermosa. Todo pasará, creo que el fin de semana se han mezclado muchas emociones y unas cuantas bebidas de más. —Y le guiñó un ojo haciendo un gesto de beber un trago.

—Es posible, veremos qué me dicen cuando estén los análisis.

—Pues no más cerveza y solo té de jengibre, jajaja.

La pareja salió del hospital y se dirigió al carro. Durante el viaje hablaron poco hasta que Cindy se quedó dormida con la música. Al llegar, Carlos la despertó con un beso.

—Arriba bella durmiente, tu príncipe te está despertando.

Ella sonrió cuando lo vio, devolviéndole el beso.

Al llegar a la puerta, quedaron en hablar más tarde.

—Iré a dormir un rato. Estoy un poco cansada. Hablamos en la noche, ¿ok?

—Así será bonita. Estamos en contacto.

Eran las 5:30 p. m., demasiado temprano para ir a buscar a Robert. Sus pensamientos se vieron invadidos por cierta intranquilidad, por todo lo sucedido, y necesitaba reorganizarse rápidamente. Seguía dolorido y hubiera preferido ir a casa para descansar y examinar el estuche. Por otro lado, sabía que, si actuaba sin pensar, todo podría complicarse más. Condujo hacia la agencia, era una buena oportunidad de ver carros y aprender las técnicas de venta de su padre. Siempre le interesaron las anécdotas que contaba y seguramente podría llevarse alguna ese día.

Estacionó a la vuelta de la agencia. El edificio era grande y ocupaba poco más de una manzana. Una extensa gama de vehículos se podía ver desde fuera y las luces los hacían brillar incentivando a los transeúntes a detenerse y mirar los carros.

También observó como uno de los vendedores seguía a un cliente que daba vueltas en un carro alrededor de los otros que estaban en venta. Fue algo que se le hizo muy gracioso.

Carlos envió un mensaje a su padre quien salió a los minutos a buscarlo.

—¡Cómo estás hijo! Has llegado temprano y justo a tiempo para el brindis de presentación —dijo Robert mientras lo guiaba para ingresar al salón.

—Estaba viendo a uno de tus compañeros que andaba atrás de un cliente. Se me hacía algo cómico como de esas películas de blanco y negro —dijo Carlos sonriendo casi a punto de reírse.

—Es Joe, era el siguiente en la lista. Creo que es el mismo cliente de la otra vez. Muchos clientes miran los carros de venta desde sus vehículos y no se bajan para nada a mirarlos, como si pudieran ver lo que buscan desde sus carros y perdemos la oportunidad de vender a alguien que si se tome el tiempo para mirarlos bien.

Carlos estaba asombrado de ver que habían dispuesto unas mesas con un lujoso cáterin. El salón tenía una sección en la que los clientes podían pasear entre distintos carros y probar entrar en cada uno de ellos. Algunos, sobre una plataforma giratoria, daban la sensación de que eran joyas auténticas. La sección de *test drive* tenía un ascensor para carros que daba directamente a un patio. En el centro del salón, se veía un micrófono y un atril.

—¿Qué es todo esto papá? —preguntó asombrado Carlos.

—La agencia tiene un nuevo dueño, y hoy es la presentación en la sociedad. Dicen que es un experto en negocios y que ha comprado varias agencias —dijo Robert mientras tomaba una bebida y le acercaba otra a su hijo.

—Pues se nota que es un gran empresario.

—Si, y se vienen unos cambios muy positivos en el área comercial. No sólo de carros vive el hombre. Mientras nos dé una buena continuidad laboral, ¡bienvenido sea!

Ambos brindaron y fue cuando las luces se atenuaron y entró un hombre alto y corpulento con un traje negro. A su lado, iba una mujer asiática que oficiaba de asistente y colocó la agenda de la presentación en el atril. Sus rasgos la hacían ver casi tan alta como el empresario, aunque el hombre dejaba ver bajo su ropa una gran musculatura que la hacía ver diminuta. Carlos notó el tatuaje de una especie de dragón en la asistente.

Fue algo llamativo que sucedió cuando movió sus brazos para colocar las hojas de la agenda, como si se moviera debajo de la manga de su camisa blanca de seda.

El nuevo dueño se presentó ante los empleados como Walter Rodríguez. El discurso duró algo más de veinte minutos, y se enfocó en una nueva gama de productos de tecnología para la navegación y conducción. Contó algunos detalles de otras agencias que ahora eran parte de su propiedad y cómo se reorganizarían para poder brindar mejor servicio a los clientes y lograr más ventas y beneficios.

Robert estaba muy interesado en cada palabra que su nuevo jefe decía. Mientras tanto, Carlos estaba pensando en que terminara pronto el discurso y pudieran irse. Claramente estaba impactado por la fuerza de las palabras del nuevo dueño y el acento que tenía, ese toque característico de Latinoamérica, aunque no sabía precisar de dónde, pero parecía sudamericano.

Su asistente estaba inmóvil como si fuera una estatua y varias veces su mirada fue interceptada por ella, a lo cual Carlos bajaba la mirada o cambiaba de dirección. Algo similar sucedía con el dueño, y en un momento sintió como si fueran actores frente a un gran telón.

Al finalizar el discurso, se dieron lugar una serie de aplausos y saludos. Robert se acercó a su hijo:

—Ahora viene el mejor momento del día, y es que el cáterin ¡ya está pago! —dijo haciéndole un gesto con la cabeza para que se acercaran hacia las mesas.

—Papá, es que estoy un poco agotado —dijo el joven con cara de cansancio.

—Pues entonces déjame ir a saludar y despedirme del dueño. Iremos a casa en unos minutos. —Y mientras comía unas hamburguesas, tomó una servilleta para limpiarse y fue a donde estaban saludando al empresario.

Volvió a los minutos y luego de despedirse de unos compañeros, Carlos notó otra vez que la asistente del nuevo dueño traía un traje muy peculiar en el cual vio la imagen de un dragón tatuado en el brazo derecho cuando lo levantó para hacer señas a otros invitados, pero no le puso mucha atención y salieron de la agencia...

Robert iba muy entusiasmado en el carro charlando acerca de la nueva etapa de la agencia.

Doblaron por la avenida y frenaron unos metros adelante por el tráfico, el carro avanzaba lentamente y Carlos detuvo su mirada distraídamente en un hombre de aspecto apagado que caminaba solitario. Algo se le hacía familiar, y en ese instante el hombre se volteó y lo miró fijo como si hubiera detectado su mirada. El cruce fue de unos segundos y muy extraño, porque terminó en lo que al joven le pareció una mueca macabra que le dio escalofríos. Cerró sus ojos y desvió la mirada, sólo quería llegar a su casa y poder recostarse. Era como si esa mirada lo hubiera debilitado.

—Disculpa por haber tenido que irnos, es que me duele un poco la cabeza. —Le dijo a su padre mirando la radio.

—Cuando lleguemos descansa un poco. Si sigues mal te llevo al hospital, ¿ok? No quiero que corramos riesgos.

—Si papá. Creo que pude haber esforzado un poco la vista, aunque sé que con un poco de descanso se me pasará.

Al llegar a la casa, Robert saludó a Araceli y le dijo que Carlos tenía dolor de cabeza. Su madre, de raíces latinas, era muy creyente y sabía que, a veces, una mirada fuerte podía producir mal de ojo.

—Yo me encargo. En un rato desaparecerá el dolor —dijo la mujer. Y agarró unas plantas con las cuales recorrió el cuerpo de Carlos.

Carlos se recostó en su cuarto pensando acerca de buscar el momento para examinar el estuche. Estaba muy cansado para hacerlo en ese momento, y el cuarto no era el lugar indicado. Durante la cena Robert se la pasó hablando de su nuevo jefe y el único que estaba fuera de sintonía era el muchacho. La televisión parecía un integrante más con su bombardeo de imágenes. Estaban proyectando una película y el personaje principal corría por un parque solitario.

Eso llamó la atención de Carlos y se dio una idea de dónde ir para poder estar tranquilo y examinar el estuche sin nadie que lo molestara.

Christopher escuchaba atento a Robert con gran devoción. Su padre era un gran ejemplo para él porque siempre parecía tener una anécdota para todo. Habían quedado en acompañarlo al colegio al día siguiente para hablar acerca de los actos de acoso escolar que sufría el niño.

—Papá, necesito ir a buscar unos equipos que quedaron en casa de Roy. ¿Puedo llevar el carro mañana? —preguntó Carlos aprovechando que su padre estaba de buen humor.

—Mañana iremos a hablar al colegio, ¿puedes ir otro día? —Le respondió dubitativo.

—Es que Roy me mandó un mensaje y necesita lugar en su garaje.

—Pues entonces vienes con nosotros, cuando terminemos en el colegio, me iré para el trabajo y tu madre irá a hacer unos encargos —dijo buscando acordar una solución.

—Pues claro que si papá.

—Bien hijo. Haremos así entonces.

—Y creo que podríamos aprovechar para almorzar juntos —Le dijo Araceli a Robert guiñándole un ojo—. Hijo, ¿aún sigues con dolor de cabeza?

Con sorpresa el muchacho la miró y le contestó negativamente moviendo la cabeza. Su madre sabía cómo curar el mal de ojo gracias a su abuela. Carlos era incrédulo de esas cosas, pero increíblemente ya no sentía esa migraña que tenía cuando llegó.

El muchacho se levantó para ayudar con la mesa y fue a su habitación a hablar con Cindy y descansar. El día siguiente necesitaba tener su mente lo más clara y descansada posible.

III. CÓDIGO M-CLAVE

La universidad estaba llena de estudiantes que entraban y salían. El campus era una enorme piscina verde en la que los jóvenes se movían y descansaban aprovechando el buen clima. Los árboles sacudían sus ramas levemente con la brisa. Una enorme fuente con sus arcos de agua reflejaba el cielo azul.

Ying caminó bordeando el césped hasta llegar al cuerpo principal del edificio. Usaba un vestido con cuello en V de color gris y llevaba una cartera tipo bolsa en la que siempre llevaba su agenda.

Con los anteojos puestos parecía una profesora más de alguna materia como Derecho o Psicología.

Al ingresar en la universidad fue consultando para encontrar el aula en la que Rick solía dar clases. Al llegar había estudiantes que estaban esperando que llegase el profesor sustituto.

Ying se acercó a una chica con una camiseta blanca y una chaqueta rosa que estaba apoyada contra la puerta mirando su teléfono.

—Discúlpame, estoy buscando a Carlos Steward, ¿sabes quién es? —Le dijo y la chica levantó su mirada y abrió sus ojos pues la había agarrado distraída.

Sí, claro, el de los *EZ Doors* —dijo y luego de examinar dentro del salón se dio vuelta mirándola—. Creo que aún no ha llegado. Es raro porque ya debería estar aquí. En cinco minutos empieza la clase y no es de los que llegan tarde. Quizás hoy no venga.

Ying se quedó en silencio mientras la chica volvía a su rutina mirando el teléfono móvil.

—¿Y sabes cómo puedo contactarlo? —Le preguntó una vez más.

La muchacha esta vez la miró con desconfianza y le dijo que debía preguntar en la oficina o buscarlo en las redes sociales porque era músico. Luego entró al aula y la mujer se volvió hacia el pasillo central.

Había conseguido el nombre de la banda en la cual tocaba el muchacho. Ahora tenía una pista para contactar a Carlos. Debía ir con cuidado para no levantar sospechas y poder hablar con él para saber qué le había pasado a Rick.

Se levantó y se alejó tan velozmente como había llegado.

***

El carro frenó en el colegio donde asistía Christopher. Araceli y Robert bajaron y se despidieron de Carlos.

—Hasta luego hijo —dijo Araceli mientras tomaba del brazo a Robert.

—Espero se diviertan en el almuerzo. —Les dijo con un saludo leve.

—Nos vemos en la tarde hijo. Ve con cuidado. —Le dijo Robert y el joven aprovechó que estaba de buen humor para recordarle que usaría el auto por la tarde y no podría pasar a buscarlos.

Sus padres entraron al colegio encaminándose hacia la oficina de la directora. El joven los vio por el espejo retrovisor y arrancó el carro inmediatamente.

Carlos iba repasando mentalmente cada detalle del ataque a Rick. «John, hermano, cómo necesito de tu ayuda, ojalá estuvieras aquí», se decía el muchacho hablando consigo mismo. Quiénes eran los secuestradores, ¿por qué tenían los ojos en blanco? Ahora en las noticias comenzaban a aparecer drogadictos que presentaban el mismo patrón. Todo debía estar relacionado de alguna forma. «Los ojos en blanco, ya había escuchado algo… vamos Carlos, haz memoria…», se decía a sí mismo el muchacho frenando en una esquina para dejar pasar a un indigente.

No estaba prestando atención hasta que vio al perrito que venía detrás con una correa roja gastada por el tiempo. Sus ojos se abrieron como si hubiera encontrado la pieza que faltaba en el rompecabezas y girando se dirigió al *Help Center*.

***

Al llegar, se encontró con Rodney trepado en una escalera muy concentrado en su tarea, cambiando lámparas en el frente del edificio.

—¿Necesitas ayuda Rod? —Le gritó Carlos.

—¡Ya casi…!, ¡listo! —dijo el hombre que había terminado de ajustar la tapa que cubría el farol de iluminación—. ¿Puedes encenderla para ver si está bien?

El joven asintió y al ingresar prendió el interruptor. Al salir vio el farol iluminando como si fuera un sol.

—Esta luz es más fuerte, últimamente hay muchos drogadictos en la calle —dijo el hombre mientras bajaba. Al ver a Carlos le dijo con sorpresa.

—¿Qué te pasó muchacho?, ¿con quién te has peleado?

—Unos drogadictos me asaltaron —dijo el muchacho mirando hacia abajo.

—Está muy peligrosa la ciudad. Esta última semana han salido como cucarachas. —Le dijo ciñendo sus ojos.

—Si, lo sé, fue una estupidez.

—Que te pudo costar la vida Carlos. ¡Gracias a Dios estás bien! —Le dijo con una sonrisa agarrándolo del hombro—. ¿Te quedas a comer?

—Rod, hoy estoy de pasada, necesito preguntarle algo a Frank. ¿Se encuentra?

—Claro que sí, sube. —Le dijo mientras Carlos lo ayudaba a llevar la escalera.

Frank estaba escuchando la radio. El hombre parecía estar mirando algo que sólo él podía visualizar. Tarareaba levemente el ritmo de la canción de blues y con los dedos de su mano daba ciertos golpes siguiendo la música. El sol pasaba por la ventana y le daba de lleno sobre su cuerpo.

—Hola Frank —dijo Carlos sentándose a su lado—. Estás escuchando grandes clásicos.

—Vaya, tengo el honor de recibir la visita de una estrella de *rock*. —Le dijo el hombre mientras tocaba la radio para bajar el volumen.

—Uno de estos días tienes que recomendarme una buena selección de blues. —Le dijo el joven sonriendo.

—Pues ven con tiempo porque hay mucho para que anotes. —Le respondió moviendo su cabeza en dirección a donde estaba sentado Carlos. Frank a pesar de ser ciego, tenía un increíble sentido de la orientación y el joven dudaba por momentos si lo estaría viendo.

—Frank, mira, necesito preguntarte algo. Hace unos días me han asaltado unos drogadictos. —Le dijo mientras el hombre estaba serio escuchándolo atentamente—. Y algo me llamó la atención hasta que recordé que tú lo habías mencionado.

—¿Te golpearon? —Le dijo el hombre tratando de buscar la cabeza de Carlos con sus manos para «ver» mediante sus manos cómo se encontraba el joven.

—Sí, pero estoy bien. —Le dijo mientras veía la cara de Frank que se ponía seria.

—Frank. Los drogadictos tenían los ojos en blanco, como estos hyostinos que están apareciendo por toda la ciud... —Y antes de que terminara, el hombre mencionó:

—Con los ojos en blanco, como esos hombres que me atacaron.

—Si, exacto, lo habías mencionado. Si recuerdas algún detalle, no lo sé, un tatuaje, algo que usaran y que te venga a la memoria, un detalle de la ropa, lo que sea.

—Pues nada que me venga ahora a la memoria.

—Tiene que haber una conexión entre esa gente que te secuestró y los que me atacaron, los hechos de inseguridad, esos drogadictos. Pues cualquier cosa que recuerdes por más insignificante que parezca.

—Lamento que no pueda ayudarte hijo. Si recuerdo algo te lo diré. Sólo escúchame, ten mucho cuidado. Te han lastimado y has tenido mucha suerte de salir vivo. —Le dijo Frank con tono severo y preocupado.

—Si Frank. No volveré a cometer el mismo error dos veces.

Se despidió y luego de pasar a saludar a Grace, se subió al carro para continuar con sus tareas.

***

Carlos recordaba un lugar donde solía ir con Cindy a mirar las estrellas. Era un lugar alejado y tranquilo. Tardaría unos veinte minutos para llegar, así que debía actuar rápidamente. La ciudad era un hormiguero ese día. Le llevó veinte minutos poder salir a la autopista. Luego todo cambió y en quince minutos más llegó a su destino.

Se adentró por el parque hasta una zona de árboles altos. Estacionó el carro y se bajó ansioso por abrir el estuche.

Al abrir el baúl, tuvo un *déjà vu*, y acto seguido fue como volver a vivir el momento en el cual lo abrió por primera vez. El sobre con la palabra «M-Clave».

Sacó la bolsa y vio con sorpresa que se trataba de una especie de traje, pero de alta tecnología. Era completamente flexible y muy resistente, de color blanco y con el símbolo de una M, muy curioso, en el pecho. Había también una máscara que tenía unos audífonos integrados y un cinto que completaba el equipo.

El muchacho lo examinó con cuidado, y luego lo estiró sobre el baúl para verlo en su totalidad. El material era increíble al tacto y con sorpresa se percató de que también había un calzado que parecía ser de otro mundo, por el material con el que había sido confeccionado.

«Rick, si te llevaron por esto, significa que debe ser muy importante», pensó el muchacho y decidió ponerse el traje para ver qué efecto causaba.

Había sido precavido y su ropa de gimnasia fue de gran ayuda para poder cambiarse rápidamente. Tiró toda su ropa de gimnasia en el asiento trasero al igual que sus zapatos. Fue poniéndose el traje con temor a romperlo, pero se estiraba con facilidad. Estaba hecho con un material que lo hacía más fuerte que el neopreno. Al abrochar el cinto, parecía como que todo su cuerpo se ajustaba en forma automática al traje. Se veía estilizado y cómodo. Incluso al mover los brazos lo sentía como elastizado. Estaba parado de frente mirando el baúl cuando tomó la máscara y se la puso. Giró para verse en el reflejo del carro. Era majestuoso, irreal y se sentía genial.

No veía ningún botón o nada que pudiera darle una pista acerca del uso del traje.

—¿Hola? —dijo en modo de pregunta.

Luego de unos segundos iba a quitarse la máscara, pero comenzó a escuchar una serie de sonidos de diferentes tonos y niveles de volumen a través de los audífonos, como si algo estuviera configurándose.

Duró algo así como dos minutos durante los cuales el muchacho miraba en todas direcciones y caminaba sin alejarse demasiado. Los sonidos lo desorientaban porque podía escuchar todo lo que sucedía como si no tuviera puestos los audífonos, pero además como si provinieran del traje, distinta gama de sonidos, como si estuviera ejecutándose un proceso tras otro. Sentía en su cuerpo unas vibraciones que variaban dependiendo de los sonidos.

Repitió «¿hola?», pero nada sucedió. ¿Cómo pretendía Rick que pudiera salvar al mundo con eso?

El profesor no era un tonto, Carlos lo sabía, pero aún no había podido entender cómo funcionaba el traje. Trató de calmar su ansiedad caminando alrededor del carro.

Guardó la bolsa dentro del estuche y revisó el sobre, pero nada parecía darle una pista.

Su mente intentaba unir las piezas de un rompecabezas que no estaba completo. Este traje había sido la causa por la que Rick había arriesgado su vida, de que lo secuestraran, de su preocupación cuando hablaron la noche del recital, pero ¿por qué? ¿Cómo se usaba?

El sonido de voces acercándose lo sacaron de su investigación y maldijo a los *runners* que estaban cerca. No tenía tiempo de cambiarse y nadie debía verlo con el traje puesto.

Sin pensarlo se subió al carro, se quitó la máscara y se puso el suéter tirándose la capucha sobre la cabeza. Acto seguido arrancó el carro en el momento en el que, por el retrovisor, vio a dos parejas que estaban corriendo por el parque y estaban pasando por donde él estaba hacía apenas unos minutos.

Para su desgracia, en el trayecto no pudo encontrar otro lugar para seguir con su investigación. Al llegar se pondría el pantalón de gimnasia sobre el traje y luego se cambiaría sin levantar sospechas. Además, se sentía cómodo con el traje y le gustaba llevarlo puesto.

Volvía con más preguntas que respuestas y se sentía completamente solo. Sin rastros de Rick y sin idea de cómo usar el traje.

***

El autobús escolar estaba llegando a la casa de Christopher. El niño sabía que sus padres habían ido a hablar con la directora para que dejaran de molestarlo y eso lo hacía sentirse respaldado, aunque también sabía que cuando llamaran a los padres de Jack, todo podría ser peor. Ese niño era una molestia, y siempre lo amenazaba con que su padre lo mataría si Christopher contaba algo. Siempre se sentaban en lugares opuestos al volver en el autobús. Jack iba atrás mientras que Christopher iba adelante sentado en los primeros asientos como si una tregua se diera lugar en el viaje de ida y vuelta, pero no ese día.

Casi a una cuadra de su casa, Christopher se agachó para levantar su mochila y Jack se acercó para molestarlo.

—Tendremos que cortarte la panza para que puedas desabrocharte el cinto de seguridad, bola de grasa. —Le dijo mientras lo empujaba tomándolo por sorpresa.

Christopher lo miró con fuego en sus ojos, su mochila se había caído y había sonado como si algo se rompiera.

—¡Déjame en paz! Veremos si mañana eres tan valiente —Le dijo tratando de no quebrarse.

—¿Qué? —Le dijo Jack mientras el conductor se daba vuelta y le gritaba que volviera a su asiento.

En ese momento el autobús se detuvo bruscamente.

—¡Oh, Dios mío! —exclamó el conductor mientras desabrochaba su cinturón aprestándose a bajar.

Un hombre iba cruzando cuando en lugar de avanzar se detuvo y cayó al suelo delante del autobús. Una de sus manos estaba apoyada contra el piso y con la otra se tomaba el estómago.

El conductor abrió la puerta y antes de descender les dijo a los niños que no bajaran y se quedaran en sus asientos.

Las puertas se abrieron y bajó a toda prisa, pensando que podía ser un ataque al corazón.

—¿Se encuentra bien? —dijo el conductor arqueando su espalda para ayudarlo a incorporarse—. Lo ayudaré a llegar a la vereda y llamaremos una ambulancia —dijo mientras se agachaba.

En ese momento el hombre dio vuelta su cara y el chofer instintivamente reaccionó tirándose hacia atrás al ver los ojos del individuo.

El hombre se levantó y le mostró sus dientes. Sus ojos en blanco le daban el aspecto de un ser salido de una pesadilla. Con un grito se abalanzó sobre el conductor que chocó con el guardabarros delantero. El conductor pudo darle un golpe que hubiera dejado noqueado a un hombre de contextura normal.

Sin embargo, el drogadicto apenas se balanceó hacia atrás y con sus dos manos tomó de la cabeza al conductor haciéndolo rodar frente al autobús y dejándolo de espaldas contra el suelo. El hyostino arremetió con salvaje violencia y estrelló su cabeza contra el hombre mientras gritaba descontroladamente. Christopher se acercó a la ventana viendo horrorizado cómo el chofer quedaba tendido sobre el asfalto. Jack se había aproximado para robarle la mochila, pero cuando vio al hyostino, huyó cobardemente hacia el fondo del autobús dando un grito y empujando al niño que chocó con la puerta golpeándose la cabeza.

***

Carlos estaba llegando a su casa cuando se percató del autobús detenido. «Parece que Chris está de vuelta», pensó, y fue ahí cuando vio que el chofer empujaba al drogadicto contra la vereda. Estaba a unos cuantos metros de distancia y todos sus sentidos se pusieron en alerta ante la situación de peligro cuando vio que el drogadicto se levantó y empujó al conductor atacándolo con salvaje violencia. Estacionó el carro un poco retirado para que no lo vieran y casi sin pensarlo, se puso la máscara. Era demasiado tarde para cambiarse, tenía que actuar rápidamente. Bajó del carro y podía escuchar los gritos de los niños dentro del autobús. La adrenalina corría por su cuerpo y en su mente sólo había un pensamiento, detener al agresor. No se había dado cuenta que el dolor y las lastimaduras de su cuerpo habían ido desapareciendo. Corrió con todas sus fuerzas hacia el autobús.

Al llegar a la parte delantera, vio tendido al conductor sangrando sobre el suelo y se lanzó sobre el atacante. Sus brazos golpearon al drogadicto en la zona de las costillas y este se tambaleó hacia atrás. Su cabeza giró rápidamente y se lanzó contra el muchacho. Carlos veía los ojos en blanco y le parecía estar volviendo a vivir una vez más la pesadilla. Lo recibió con una patada en el estómago que dobló al drogadicto, pero este tomó su pierna y le tiró un arañazo con su mano intentando agarrarlo del cuello. Carlos perdió el equilibrio porque no esperaba esa reacción de su agresor, y fue cuando lo sujetó de los hombros haciéndolo golpear contra la parte frontal del autobús. Un dolor punzante invadió su hombro derecho y sentía que su acto heroico terminaría en una catástrofe. El hyostino le dio unos golpes en el pecho y el muchacho cayó quedando tendido boca abajo. Allí comenzaron las patadas hasta que un golpe dio de lleno en su cara y rodó un metro como si fuera una alfombra.

Christopher contemplaba sin poder dar crédito a lo que veía. Era como uno de los superhéroes de las películas que él veía que había llegado para salvarlos. El niño estaba como hipnotizado hasta que vio como el héroe quedaba tendido sobre el asfalto. En ese momento gritó con todas sus fuerzas.

—¡NO! ¡Maldito! ¡Déjalo!

El drogadicto giró su cabeza como si hubiera elegido a su próxima víctima mirando al niño y se dirigió a la puerta. Los golpes hicieron que se doblase la puerta plegable y tomándola con sus manos entre gritos la abrió como si fuera una lata de sardinas. Christopher estaba paralizado, pero al ver la cara de terror en los otros niños, se interpuso entre la puerta tratando de cerrarla nuevamente.

En el suelo, golpeado y dolorido, Carlos se retorcía mientras veía como el hyostino abría la puerta del autobús. «Maldito traje, ¿para qué sirves? ¿Cómo se activa?»

El drogadicto tomó a Christopher del cuello como si fuera una presa, y lo sacudió como si fuera un muñeco.

—¡No por favor! ¡Déjame! —gritó el niño sacudiendo sus pies en el aire pateándolo, pero sin lograr hacerle nada.

Carlos se arrodilló golpeando con una mano el asfalto y cuando vio que Christopher estaba en peligro, se sintió derrotado por no saber cómo usar el traje, hasta que se acordó de la tarjeta que decía M-Clave e intuitivamente gritó con todas sus fuerzas:

—¡M-CLAVE! —Y fue en ese instante que los audífonos de la máscara comenzaron a hacer sonar misteriosamente la música que le gustaba escuchar.

Al activarse, fue como si todo su dolor hubiera desaparecido, sentía una energía correr por todo su cuerpo, la música lo hacía sentir más fuerte y ágil, también se percató de que sus cinco sentidos se incrementaban de una manera increíble. Además, sentía algo en sus ojos.

De un salto se acercó al atacante que tenía su puño levantado para golpear a su hermano. El brazo del hyostino se dobló hacia atrás. Carlos lo había logrado sujetar antes de que pudiera pegarle a su hermano y le dio una patada detrás de la rodilla haciendo que el hombre cayera apoyándose sobre una de ellas. Christopher pudo evadirse y volvió a subir al autobús mientras forzaba la puerta para volver a cerrarla. El niño no pudo hacer más que empujarla hasta la mitad y fue a tratar de calmar al resto de sus compañeros. Jack estaba escondido en el asiento de atrás. Las lágrimas caían por el rostro de Christopher. Debía ser fuerte, por sus compañeros y por él. Intentando superar la situación, se secó las lágrimas con el brazo y comenzó a hablarles a los otros pequeños.

Fuera Carlos había logrado reducir al hyostino que había perdido la estabilidad. Con su brazo izquierdo lo tomó de la parte posterior de la chaqueta y lo empujó como si fuera de telgopor y en el aire le dio una patada de *capoeira* denominada *armada* que lo tiró a un par de metros de distancia.

El drogadicto rodó sobre el suelo para volver a incorporarse. Corrió gritando como si fuera un toro embistiendo salvajemente. Carlos estaba parado con sus rodillas flexionadas esperando el ataque y segundos antes de que pudiera sujetarlo, lo esquivó y en una fracción de segundos le aplicó dos golpes, siguiendo el ritmo de la música y usando una de las técnicas que había aprendido en sus clases de *capoeira*, que impactaron de lleno sobre la cabeza del drogadicto dejándolo tendido sobre el suelo inerte.

Dentro del autobús los niños gritaban y vitoreaban al héroe enigmático que había podido salvarlos. Carlos se acercó al conductor y pudo ver que aún respiraba.

Christopher miraba completamente sorprendido, ¡tenía a un superhéroe delante de sus ojos!

El joven se dio vuelta y mirándolo le dijo fingiendo su voz:

—¿Cómo te encuentras? —Le preguntó a su hermano que estaba agitado por la situación.

—Un poco dolorido, pero bien. ¿Quién eres? ¿Cómo te llamas? —Le preguntó el niño con mucha adrenalina corriendo por su cuerpo.

—M-Clave, soy… M-Clave —Le dijo Carlos instintivamente.

A lo lejos se escuchaban las sirenas. El muchacho se alejó rápidamente. Tenía que volver a su carro y cambiarse.

Dentro del autobús los niños gritaban al ver que el agresor había quedado tendido en el suelo. Algunos vecinos se habían animado a salir para asistir al conductor. Los compañeros de Christopher habían bajado y lo abrazaban haciéndolo sentir como un héroe.

Jack bajó temblando como una hoja y con lágrimas en sus ojos. A pesar del acoso escolar que sufría a diario, nació en Christopher un impulso solidario y le tendió una mano para tranquilizarlo. El niño había logrado ganarse el respeto de su agresor esa tarde.

Minutos más tarde llegaron varias patrullas y una ambulancia. El vecindario se había revolucionado con la llegada de una camioneta del canal de noticias.

Carlos había logrado escabullirse y se había puesto la ropa de aerobismo y el suéter subiéndose el cierre hasta el cuello. Se quitó la máscara y se cambió el calzado guardando todo. Minutos más tarde se acercó a buscar a su hermano menor. Al verlo llegar, el niño salió corriendo y abrazó a Carlos quien se lo presentó a uno de los oficiales como su hermano.

—¡No podrás creer lo que pasó! —Le dijo con énfasis—. Un criminal nos empezó a atacar y ¡apareció un superhéroe que peleó con él! ¡Tenía un traje como esos que se ven en las películas!

—Ven, acerquémonos a la ambulancia hermanito. Ya me contarás.

—¡Estoy bien! ¡Ven! —Le dijo el niño mientras tomaba del brazo a su hermano y se acercaba a uno de los periodistas.

Dos de sus compañeros estaban hablando y cuando lo vieron, dijeron que Christopher los había defendido también.

—¡Era un superhéroe real! ¡Lo golpeó con una velocidad increíble! ¡Se llama M-Clave! —dijo tomando el micrófono del periodista que estaba relatando los sucesos.

—Ven, ¡ya! debemos ir a ver cómo estás y luego a casa. —Le dijo Carlos tratando de bajar la emoción de su hermano.

Luego de que lo revisaron pudieron volver a casa. Araceli se acercaba corriendo a sus hijos con cara de preocupación y angustia al ver tantas patrullas cerca del autobús. Esa noche, Christopher tendría una buena anécdota que contar. Una anécdota que se repetiría una y otra vez durante la cena familiar.

IV. RED OCULTA

El recinto estaba lleno de humo y las luces se filtraban como un resplandor plomizo. En el medio, había una enorme jaula cuadrada de cinco metros de diámetro cubierta con rejas de alambre sólido. Una multitud de cuarenta personas rodeaba la estructura mientras gritaban y golpeaban el alambrado. La música de fondo parecía ponerlos más agresivos hasta que entró en la jaula un hombre calvo que llevaba su rostro cubierto con un pañuelo negro. Sólo podían verse sus ojos filosos como los de una serpiente y por un micrófono que estaba adherido a un cable y que había descendido del techo, vociferó:

—¡Asegúrense de hacer sus apuestas! ¡En minutos comenzará la acción! —Y soltando el micrófono salió de la jaula por una de las puertas de hierro que daban paso a los calabozos, por donde entraban los luchadores antes de salir a la arena.

Algunos iban a buscar cervezas mientras que otros tiraban las colillas encendidas dentro de la arena de lucha. Tres hombres vestidos de negro iban levantando apuestas para la primera ronda de la noche. Una simple tarjeta roja o azul que intercambiaban por un buen puñado de dólares.

Las luces rojas se encendieron y el humo pareció salir de las puertas. El sonido de unos tambores llenó el recinto y apareció un hombre musculoso con el pelo rapado y con una melena mohicana, tenía varias cicatrices en su rostro, como castigado por la viruela. Usaba un pantalón rojo hasta las rodillas y su espalda estaba marcada por unos tatuajes indígenas. Una voz gritó por los parlantes:

—¡Hawk Claw ha entrado en la arena!

El luchador empezó a dar unos saltos y a tirar unas trompadas al aire preparándose para la pelea.

La multitud comenzó a gritar, algunos alentándolo y otros insultándolo. Se escuchaban algunos ruidos de botellas rotas y peleas menores entre el público y fue ahí cuando se escuchó por los parlantes como una voz sedosa que dijo:

—Hyostine. —Apagándose con el ruido de los golpes y gritos detrás de la puerta de hierro.

Al abrirse se vieron unas manos extendiéndose y arañando entre el humo. Una figura salió retorciéndose y cayó al suelo provocando la risa y abucheos del público. Era un hombre flaco con el pelo largo y sucio, la barba tupida le daba un aspecto descuidado y añejo. Hawk Claw señaló al contendiente y empezó a golpear el alambrado riendo.

Bajar la guardia fue su primer error. El hyostino se levantó como si fuera un gato y se lanzó contra Hawk Claw agarrándose con sus uñas a la cara y el cuello del luchador.

El dolor penetrante fue suficiente para hacer notar que su piel se desgarraba y entre gritos de dolor, su instinto de supervivencia lo hizo girarse cayendo de espaldas sobre el suelo. Sentía como el hyostino gritaba y hundía sus dedos.

Tomó las manos de este y con un esfuerzo sobrehumano pudo quitarlas de su cuello girándose y empujándolo unos centímetros. Se incorporó justo para ver como su contendiente se abalanzaba con furia desatada. La sangre caía de su cuello y frente. Ejecutó un golpe con su derecha y dio de lleno en la cara del drogadicto que se tambaleó y chocó con el alambrado en los que algunos quemaban a los contrincantes con sus colillas y otros arrojaban cerveza. Los gritos parecían enloquecer más al drogadicto que se dio vuelta mirando con sus ojos blancos a los que estaban del otro lado de la jaula.

Hawk Claw estaba dolorido, pero sabía que debía atacar ahora o nunca. Se acercó y dio dos golpes al drogadicto en su cabeza que lo sacudieron y lo hicieron moverse a otro lado de la jaula. El hyostino levantó su cabeza, gritó de forma amenazadora y se abalanzó a una velocidad increíble. Hawk Claw se movió hacia atrás para esquivarlo pisando su propia sangre que lo hizo resbalarse perdiendo el equilibrio. El hyostino aprovechó para tomarlo de la cabeza como si fuera una pinza y la golpeó varias veces contra el suelo hasta que perdió el conocimiento.

El público se había quedado perplejo y fue allí cuando las puertas se abrieron y tres hombres con unas lanzas como picanas, impactaron sobre el hyostino que se retorció en el suelo como petrificado, pero aún seguía gritando. Los hombres tenían chalecos antibalas y ese mismo material reforzaba sus brazos y piernas. Ataron los pies y los brazos del hyostino para sacarlo de la arena mientras un hombre entraba para examinar a Hawk Claw. Se dio la vuelta e hizo una seña con su mano en línea recta bajo su cuello y acto seguido entraron dos hombres con una camilla.

—¡Parece que necesitaremos un contendiente más fuerte para la próxima pelea! —dijo la voz a través de los parlantes mientras los espectadores entregaban sus tarjetas y otros golpeaban furiosos el alambrado insultando al caído Hawk Claw.

***

Sobre la jaula a unos diez metros de distancia, sobre la parte posterior del recinto, había una habitación con vidrio polarizado. Dentro, un hombre se alejaba de la ventana para atender el teléfono.

—¡Hola Kacique! —dijo con voz neutra—. Sí, hoy será una gran noche, hay apuestas altas y nos estamos asegurando de mover una buena cantidad de Hyostine. Tenemos entre el público, la distinguida visita de uno de los jefes de la organización de la *Bay Area*.

—Sabes que no he llamado por eso —dijo la voz del otro lado en tono despectivo.

—Si, disculpe jefe, lo sé. Estamos buscando el traje. Tuvimos que sacarnos a la policía de encima, estuvieron preguntando por el profesor, pero falta poco para que se quiebre y nos diga donde lo ocultó.

—Más vale que así sea —dijo Kacique cortando la llamada sin decir palabra.

Rex colgó el teléfono y se acercó al jefe mafioso que estaba mirando la pelea desde el otro lado de la habitación rodeado por dos mujeres junto a sus matones de seguridad a los costados.

—Debo pedirle que me disculpe. Me ha surgido un tema de urgencia. Aún faltan tres peleas más. Estaré aquí para cerrar el trato cuando todo termine.

—Quisiera que uno de mis muchachos pueda entrar en la arena y veremos luego si cerramos el trato —dijo el hombre con acento italiano e hizo un ademán a uno de sus guardias que parecía una montaña en comparación con Rex.

—Por supuesto. Uno de nuestros muchachos lo llevará —dijo inclinándose y haciéndole una seña a uno de los guardias del local que estaban parados en la puerta.

—Sólo que quiero que pelee contra el que ganó esta pelea. Veremos si esa droga es tan fuerte como dice.

—No habrá ningún problema. Si le parece, luego de la pelea siguiente podrá ingresar.

—Me parece bien. Ese perdedor me dio la sensación de que estaba todo preparado —dijo riendo mientras el matón dejaba su saco y su arma al cuidado de su compañero.

—En unos minutos podrá despejar todas sus dudas. —Le dijo Rex con un tono amable, pero con algo siniestro en su voz—. Si me disculpa, debo ausentarme unos minutos.

Acto seguido, al acercarse a uno de los guardias le dijo:

—Inyéctale una dosis más antes de que salga el drogadicto. Y lleva a ese pobre tonto a la arena. Su jefe se comerá todas sus palabras. —Le dijo y salió rápidamente de la habitación.

***

La computadora se encendió y la mujer comenzó a buscar en las redes sociales la banda de *rock EZ Doors*. En cuestión de minutos pudo conseguir la forma de ubicar a Carlos.

—¡Ya te tengo! —dijo mientras escribía un mensaje privado rápidamente. «Necesito hablar contigo. Rick nos necesita. Contáctame a este número. Ying» y sin dar más detalles, lo envió.

Luego conectó el primer disco de copia de seguridad. Necesitaba saber cuál era la causa por la que habían hecho desaparecer a Rick. En la unidad encontró varias carpetas de documentos y una que decía M-Clave. Los documentos eran de temas variados, desde la estructura química de los materiales, así como la fibra de kevlar y evidencias de pruebas de impactos y absorción de la energía. Había unos compuestos maleables de los cuales nunca había oído hablar y biomateriales de sondas moleculares y nano partículas. Un gran estudio de biosensores e implantes que demostraban el trabajo de toda una vida por parte del profesor Rick Thomas. Ying estaba asombrada ante todo ese conocimiento que hablaba de medicina del dolor, un área en la cual Rick se había vuelto un experto. Era tecnología experimental cuyo objetivo era la curación de enfermedades como el cáncer y todo tipo de dolencias hasta la parálisis.

Había perdido la noción del tiempo mientras leía todos esos documentos. La palabra M-Clave volvió a surgir como si ya la hubiera escuchado anteriormente, y se dirigió a esa carpeta.

Dentro había un programa y al ejecutarlo apareció una pantalla con un logo como si fuera una nota musical. La computadora parecía estar conectándose y configurándose. Una ventana le solicitó una contraseña de ingreso. La mujer buscó dentro de la carpeta que había entregado a Rick antes de su secuestro. Dentro había varios papeles con resultados de pruebas y diseños del traje. En la primera hoja, algo le llamó la atención, escrito con bolígrafo. Recordó cuando Rick salió de la ducha todo vestido de negro, usando la ropa que ella le había llevado.

El diálogo breve cuando él le hablaba de que fuera su copiloto, y ese momento cuando ella le dijo que sería como un ángel guardián para él. «Lo eres, siempre lo has sido», le dijo. Y fue cuando entendió la anotación que hizo dentro de la carpeta antes de irse. En un trazo en el que estaba escrito su nombre, una flecha y la palabra «Athena».

Ying   Athena

¿Acaso sabía el peligro en el que se encontraba? ¿Por qué se había arriesgado tanto?

Eran respuestas que no podía contestar ahora. Athena era la diosa del conocimiento, no pudo evitar reírse de lo perspicaz que había sido Rick.

Ingresó la palabra clave y el sistema le dio acceso revelándole una serie de nodos satelitales activos, y varias funcionalidades que debía investigar. Sin embargo, se quedó perpleja cuando el registro indicaba «última activación: hoy». Alguien había activado el traje.

Se desconectó del sistema sintiendo como si la estuvieran mirando. Sus pensamientos le trajeron la imagen de Rick, ¿habría logrado escapar? «Tú serás mi copiloto» le había dicho.

Como fuera, necesitaba más que nunca hablar con Carlos, el último que había estado con él cuando se lo llevaron.

***

Robert llegó a la casa más temprano de lo habitual. Su hijo había aparecido en la televisión y eso lo había tomado completamente por sorpresa. Lamentó haberle prestado el carro a Carlos, y pidió un taxi para que lo llevara rápidamente a su casa.

Algunos reporteros seguían en la calle y aún quedaban aparcados dos vehículos policiales en la zona. Hacía mucho tiempo que no sucedía nada así en el barrio, y jamás pensó que su familia sería participe de una noticia semejante.

Al entrar, vio a su familia reunida y se acercó a abrazar a Christopher mientras le preguntaba cómo estaba.

El niño estaba eufórico, como si hubiera vuelto de ver una película de superhéroes.

—¡Hola papá! —Le gritó mientras lo abrazaba—. ¡Tengo mucho que contarte! He visto a un superhéroe y hasta he salido en la tele. —Le dijo de un tirón sin tomar aire.

—¿Estás herido hijo? —dijo y miró a Araceli que le hizo un gesto de calma con sus manos.

—Estoy bien —dijo el niño mientras subía el volumen a la televisión pues estaban pasando la noticia una vez más.

Carlos se acercó a su padre.

—Papá, discúlpame por llevarme el carro. Estuve antes que llegara Christopher y salí a buscarlo cuando escuché las patrullas. —Le dijo.

—Gracias a Dios están todos bien. Ese loco podría haberte agredido a ti también. —Le dijo preocupado—. Vi en el noticiero que dejó inconsciente al conductor del autobús.

—Si papá, era uno de esos drogadictos. Parece que se ha desatado una droga nueva y los pone muy

agresivos —respondió Carlos.

—Cuando llegué a casa estaban todas esas sirenas y ambulancias. Pensé lo peor. —dijo Araceli abrazando a Christopher.

—¡Yo también tuve miedo, pero apareció M- Clave y nos salvó a todos! —dijo el niño—. ¡Miren! ¡Allí estoy!

En la televisión aparecía junto a su hermano narrando cómo un héroe había golpeado y hecho volar por los aires con patadas al hyostino.

—Me preocupa que haya un vigilante en la ciudad —dijo Araceli con tono serio—. ¿Y si el drogadicto llevaba un arma? ¡Esto pudo haber terminado en una tragedia!

—Mamá, ¡M-Clave era invencible! Primero el drogadicto lo golpeó y lo tiró al suelo, pero creo que fue para que se distrajera. ¡Cómo en las películas!

—Chris, no debes pensar que la vida es como una película. —Le dijo Carlos—. Quizás el drogadicto golpeó en serio al vigilante. Creo que tuvo suerte de estar ahí y poder defenderlos para que no entrara al autobús.

—No, ¡él sabía lo que estaba haciendo! —dijo el niño—. ¿Podrá volar? ¡Porque luego desapareció! ¡O quizás se hizo invisible!

Su imaginación lo llevó a teorizar durante toda la cena. Robert estaba más tranquilo y a diferencia de Araceli, apoyaba la actitud de M-Clave.

—¡Pues me parece bien que alguien esté haciendo el trabajo que otros no hacen! Debería haber más de esos tipos para detener a estos drogadictos que están por toda la ciudad. Por la tarde me contaron que hubo varios casos de asaltos y ataques de esos hyostinos.

—No me gusta que les des esas ideas a los niños Robert —dijo la mujer mirándolo fijamente.

—Sabes que no me gusta la violencia, pero aquí les ha salvado la vida y debemos darle gracias a esa persona.

—Estoy de acuerdo —asintió Kimberly sonriendo mientras miraba a su hermanito que jugaba con sus manos como si fueran el héroe y el hyostino.

—Pues en eso estoy completamente de acuerdo contigo papá —dijo Carlos mientras se levantaba a buscar algo para beber—, esta ciudad necesita a alguien que pueda ayudar a defendernos de criminales.

—Sólo espero que no suceda algo así de nuevo —dijo la mujer con tono de preocupación.

Carlos había llenado un vaso con agua fresca y mientras se dirigía al comedor vio a Kimberly hablando por teléfono. Su hermana estaba hablando con Cindy contándole los detalles de la historia. Cuando vio a su hermano, lo miraba haciéndolo esperar y el muchacho le hizo un gesto para que lo dejara hablar.

—Te paso con Carlos, saludos —dijo la chica y le extendió el teléfono a su hermano.

Instintivamente el muchacho movió los brazos a gran velocidad consiguiendo agarrarlo. Kimberly sorprendida lo miró y le dijo:

—Vaya que te has curado rápido, si no podías moverte —dijo con tono sorprendido.

—Es el amor hermanita. —Le respondió el joven mientras se acercaba el teléfono a su oído.

—¿Cómo estás preciosa? —La saludó mientras se dirigía con el teléfono inalámbrico a su cuarto.

—Muy asustada por lo que sucedió. Hace unos momentos vi las noticias y te vi en la televisión junto a tu hermano —dijo ella casi sin dejarlo hablar—. Te llamé al celular y no me atendías.

—Disculpa, lo dejé en el cuarto. —Y al acercarse vio cuatro llamadas de su novia.

—Kim me contó que atacaron a Chris —preguntó con tono afligido.

—Chris está bien, sólo un poco eufórico por tanta adrenalina.

—Hablaron de alguien que se peleó con el drogadicto y salvó a los niños del autobús. Pensé que habías sido tú, estaba muy preocupada.

—Pues parece que un vigilante disfrazado lo detuvo —dijo Carlos intentando cambiar de tema—. Te debía una llamada, ¿cómo estás?, ¿ya te devolvieron el resultado de los análisis?

—No, aún no. No sé qué está pasando en la ciudad últimamente. Tengo miedo de ir a trabajar con tanto loco suelto.

—Si quieres puedo ir a verte en un rato. —Le dijo Carlos buscando una excusa para verla.

—Me encantaría, pero no me siento muy bien hoy. Creo que me preocupé demasiado y cuando vi la noticia y no pude comunicarme contigo, me debe haber bajado la presión o algo.

—Ahora si me estas preocupando. —Le dijo él con tono serio.

—No es nada, me vendrá bien un poco de descanso. He hablado con mi jefe y me ha dicho que si mañana no me siento bien que pueden cubrirme.

—Mira, podemos volver a ir al médico si no estás bien.

—Me pone bien escucharte. Descansaré un poco para reponerme. Estaba muy preocupada, sólo eso.

—Estos últimos días han sido de mucho estrés. Hoy he ido al *Help Center* y la señora Grace me comentó que hará unos *cupcakes*. Sabes que se venderán como pan caliente. Así que será una buena oportunidad para visitarla y conseguir algo dulce.

—¡Eres un glotón! —Le dijo ella riendo del otro lado de teléfono.

—Pero nada más dulce que tus labios… —Le dijo en un susurro.

—Eres muy romántico, ¿sabías Carlos Steward? —Y pronunció con acento—: «Te amo»

—Yo también te amo preciosa. —Le replicó.

Mientras hablaba, el muchacho vio un mensaje que había llegado a través de una de sus redes sociales. Al abrirlo, fue como si la conversación con Cindy hubiera pasado a segundo plano.

«Necesito hablar contigo. Rick nos necesita. Contáctame a este número. Ying».

Cindy le contaba algo acerca de una de las materias de la universidad relacionada con las relaciones humanas, pero el joven estaba desconectado completamente. ¿Quién se había contactado con él? ¿Sabría acerca del traje?

Se dio cuenta de que la situación en los medios podría dejarlo muy expuesto. Él había aparecido en la televisión con su hermano. Quizás sería una situación para no preocuparse, después de todo había dejado la escena antes de que llegara la policía.

—Y este fin de semana tendré que terminar ese trabajo, pero si no te molesta estudiar conmigo, al menos podremos aprovechar la tarde —propuso Cindy— ¿Hola? ¿Estás allí?

—Si —dijo Carlos tratando de asimilar rápidamente lo último que le había dicho su novia—, por mi parte estará bien, esta semana vengo atrasado con la universidad y necesito ponerme al día.

—¡Perfecto! —dijo la chica—. Y el sábado en la noche podemos ver una película y comer una pizza en casa.

—¡Me parece una muy buena idea! —respondió con énfasis—. Y de postre tomaremos un café con esos *cupcakes* de Grace.

—Jajaja, ¡glotón! —Le dijo ella y quedaron en hablar al día siguiente.

Carlos notaba que, a pesar de su risa, Cindy estaba un poco apagada.

El joven le envió el vínculo de una canción romántica como solían hacer cuando se necesitaban mutuamente.

El muchacho se levantó y cerró la puerta. En su cabeza estaba dando vuelta el mensaje. Sacó el estuche y lo abrió. Dentro el traje no parecía estar activado. Aprovechó para acomodarlo. Todo había pasado tan rápido que era como si estuviera en una cinta de correr a gran velocidad. Sabía cómo activar el traje y había logrado una fuerza y agilidad fuera de lo común.

En ese momento fue cuando cayó en cuenta que todos sus dolores físicos habían desaparecido. De hecho, las heridas de su rostro eran apenas leves. Lo examinó una vez más, tomo la máscara y el cinto para verificar si escuchaba algún sonido.

¿Quién era Ying? ¿Qué sabía de Rick? ¿Cómo había logrado dar con él?

Sólo había una forma de averiguarlo. Tomó su teléfono y le respondió:

«Nos vemos mañana a la 1 p. m., en la fuente de la universidad».

Guardó el estuche y trató de conciliar el sueño pese a la ansiedad que parecía crecer cada vez más en su interior.

***

El mafioso insultó en italiano mientras veía como su púgil caía en menos de veinte segundos sobre la arena. El hyostino parecía un demonio que había caído sobre el fornido matón sin darle respiro. Sus piernas se sacudieron durante los primeros cuatro golpes hasta que el drogadicto torció su cuello y el hombre quedó inerte sobre el suelo. Las puertas se abrieron y el hyostino fue reducido una vez más con pulsos eléctricos.

—*Che cazzo, ¡non serve proprio a niente!* —dijo arrojando su vaso al suelo que estalló en pedazos.

Rex había entrado al recinto nuevamente y al acercarse vio que su anfitrión se levantó y gritó que sacaran a su hombre de allí, pero ya era demasiado tarde.

—Lo podemos envolver para regalo. —Le dijo sarcásticamente y los hombres se quedaron en silencio.

El mafioso lo miró como si le hubiera tapado la boca, y los

guardaespaldas de ambos bandos se llevaron la mano hacia las armas esperando que una chispa hiciera estallar todo en ese tenso momento.

Una carcajada salió del capo mafioso que aflojó la tensión del lugar y a continuación dijo:

—Creo que el producto está más que probado. Sólo desháganse del cuerpo. No quiero llevarme otro recuerdo más, las chicas que me acompañan.

Rex lo miró con una sonrisa y le cedió el paso para cerrar el negocio.

¡Pietro! porta le ragazze in macchina. —Le dijo a su guardaespaldas y mirando a Rex le dijo—: *Andiamo.*

Con ese trato, se aseguraban la distribución de Hyostine para toda el Área de la Bahía. Era una droga peligrosa, pero sabían que se pagaría muchísimo por ella, todas las peleas ilegales crecerían tanto en público como en competidores y además podían usarlos para cometer sus crímenes.

Si bien el trato era un hecho, Rex estaba furioso porque aún no lograban quebrar a Rick. Lo maldijo una y otra vez porque no podía concebir el fracaso, y más indignado aún estaba porque se había llevado el traje bajo sus propias narices. Había subestimado a su colega y había cometido varios errores, cosa que no volvería a suceder. Ahora Kacique estaba presionándolo y eso no era algo que estuviera dispuesto a soportar. Pero sabía que, sin el traje ni los diseños, podría tardarse mucho tiempo en confeccionar algo similar. La fórmula de los biomateriales había desaparecido y sabía que Rick lo tenía guardado en alguna parte.

Debía mover su siguiente pieza con cuidado para no quedar expuesto. Por más que quisiera, no podía matar a Rick así no más. No sin hacerlo sufrir hasta el límite de su cordura, hasta quebrarlo y que le diera una pista al menos.

Su envidia hacia él había generado un odio enfermizo que lo llevó casi a matarlo durante el primer interrogatorio. Debía buscar sus puntos débiles. Quizás debía retorcer en el pasado, a su familia, o sus pérdidas. Presionar donde más le doliera y dejarlo sin reacción.

Revisaría su agenda una vez más y las cintas de seguridad.

Sabía que era inútil preguntarle a su secretaria, no era tan lista como para que Rick le hubiera entregado el traje o la información. De hecho, ella había ido a SkyGold. No podía ser tan tonta como para entrar en la boca del lobo. O quizás tenía una coartada. No, no era posible, ella sólo era su asistente.

Rick había perdido a su hijo y su labor estaba enfocada en buscar una cura. Ese sería su punto débil.

V. ALIANZA

Las partículas de agua rodeaban la fuente. El viento las hacía mover y se podía ver un arcoíris que aparecía y desaparecía. Aún faltaban diez minutos para la 1 p. m. y Carlos estaba inquieto. Era como si su aspecto tranquilo hubiera mutado y su mirada denotaba una agudeza mayor. El lugar estaba concurrido y tenía vía libre para escapar en caso de que fuera una trampa.

El nombre Ying le daba una pista sobre la nacionalidad del contacto, y cada asiático que ingresaba a la universidad era examinado sin tratar de llamar demasiado la atención.

Tenía que ser un profesor, alguien que conocía a Rick, pero no recordaba alguno que fuera asiático con el cual pudiera relacionarlo. ¡Si! tenía que ser algún profesor. Alguien más que sabía lo que Rick estaba haciendo. Carlos miraba las ventanas de la universidad cuando detectó que, en el segundo piso, una figura se detuvo a mirar. Podía ser una coincidencia, pero si estaba en lo cierto, ahora más que nunca estaba convencido que era un profesor quien le había enviado el mensaje.

—¿Carlos? —Le dijo una voz por detrás.

Al darse vuelta la vio. Era una mujer de rasgos asiáticos que parecía haber salido de alguna agencia de inteligencia. Su ropa y sus anteojos le daban un toque fino y elegante, con una altura que el joven pocas veces había visto.

La mujer acercó su mano para saludarlo.

—Soy Ying. Asistente de Rick. ¿Hay algún lugar donde podamos sentarnos a hablar? —Le dijo casi sin que el joven pudiera responderle.

—Si, desde luego, un gusto —dijo, mientras acercaba su mano para tomar contacto de forma educada—. Podemos ir a la biblioteca. —Le dijo apuntando con su cabeza hacia la entrada de la universidad.

—Me parece bien —dijo y con paso decidido llevó la delantera.

El amplio salón de la biblioteca estaba muy iluminado no sólo por los amplios ventanales sino por las grandes lámparas colgantes. El suelo estaba cubierto de grandes azulejos que lo hacían parecer un gran tablero de ajedrez.

Mientras caminaba, el joven pensaba que era una pieza más en el tablero y debía ser precavido para hacer su próxima jugada.

Ubicaron una mesa cerca de la mitad del salón, a esa hora había pocos estudiantes y procedieron a sentarse del lado de las ventanas donde también estaban las estanterías con los libros. La mujer sacó una computadora de su bolso. Carlos no dejaba de examinarla, buscando cualquier señal que lo hiciera entrar en alerta.

La mujer inició la sesión y luego dio vuelta a la computadora para mostrarle una pantalla donde se podía leer Proyecto M-CLAVE.

Carlos abrió sus ojos como si lo hubieran descubierto, pero mantuvo silencio hasta que la mujer hiciera su primera movida.

—El día que Rick desapareció, tú fuiste la última persona que estuvo con él.

—¿Cómo lo sabe? —Le dijo a la defensiva el joven, sin dar demasiados detalles.

—Porque Rick me dijo que iba a encontrarse contigo. Mira, sé que no es la mejor situación ni el mejor lugar para hablar de esto, pero él estaba esperándote para entregarte un estuche.

Los latidos del corazón de Carlos se aceleraron cuando mencionó el estuche. Poco había que ocultar más que encontrar la forma de conectarla con Rick para que dejara de sentirse a la defensiva.

El joven quiso preguntar algo más y antes que pudiera articular la pregunta, ella le dijo:

—Yo estaba viendo lo que sucedía desde la habitación del motel cuando entraste con el carro a toda velocidad y saliste a perseguirlos. Ahora dime, necesito saber que pasó esa noche.

—Yo... —dijo Carlos como si hubieran tirado abajo todas sus defensas—, ...iba a reunirme en el motel. No me dio demasiadas explicaciones, sólo me pidió un favor muy importante y accedí.

—Por eso fue a hablar contigo esa misma noche —dijo Ying y el muchacho asintió con su cabeza.

La mujer lo miraba en silencio, con una expresión de intriga en su rostro esperando que el joven continuara.

—Cuando estaba llegando al motel, vi como lo metían en el carro y se lo llevaban. Los perseguí por la carretera y antes de pasar el puente, el carro cayó al lago. No pude contra los secuestradores, eran muchos y se llevaron a Rick.

—¿Sólo a Rick? —Le dijo ella y sus pupilas se agrandaron apenas visiblemente.

—Sólo a Rick —dijo el joven bajando la mirada y continuó hablando—. Me dejaron muy golpeado, pero pude recuperar el estuche.

—Y dime Carlos, ya lo has activado, ¿no es cierto? —Le preguntó ella en tono tranquilo.

El muchacho sabía que no podía mentir y que algo lo impulsaba a confiar en esa mujer desconocida.

—Si. Pero aún hay cosas que no logro comprender en su totalidad.

—Es un gran avance. Como verás, yo también soy nueva en esto, sin embargo, Rick me dejó mucha información que puede ayudar para lograr encontrarlo.

—Entonces trabajemos en equipo. ¿De dónde conoces a Rick? —Le preguntó.

—Yo era su asistente en la empresa en la que trabajaba. La empresa que desarrolló el proyecto.

—¿Y por qué estaba huyendo Rick? —Le preguntó Carlos.

—El traje. Había descubierto que iban a utilizarlo como un arma. Algo completamente alejado de su objetivo original. Es bueno saber que sólo nosotros sabemos de su existencia.

—Algunos medios también —dijo el muchacho.

—¿Cómo? —preguntó Ying, moviendo su cabeza y cambiando su mirada.

—Cuando lo activé, fue porque un hyostino estaba atacando el bus escolar de mi hermano. Yo venía de probar el traje, pero no había podido hacerlo funcionar. Al regresar a casa uno de esos drogadictos de los ojos en blanco estaba atacando el autobús y pude activarlo. Fue como tener superpoderes y pude abatir al hyostino. Luego hui rápidamente, pero los medios captaron la noticia, aunque no pasó a mayores y lo atribuyen a un vigilante.

—Pues mejor así hasta que podamos trabajar en equipo. —Le dijo la mujer con tranquilidad.

—Los secuestradores también tenían los ojos en blanco como los hyostinos, pero no actuaban como si fueran locos, sino que parecían más controlados. Quedé inconsciente unas horas y se habían llevado a Rick.

—Y todos estos hechos de violencia que se han desencadenado con esos drogadictos me hace pensar que están relacionados con el secuestro. Mira, este sistema me permite monitorear el traje de alguna forma, aunque no he podido investigar demasiado. —Le dijo la mujer.

El teléfono de Carlos vibró con un mensaje de Cindy. El joven se excusó para poder leerlo. El mensaje decía: «Nuestros *cupcakes* aguardan, ¿pasas por mí?»

—Bueno, ¿cómo continua esto ahora? —Le preguntó Carlos a Ying—. ¿No han dicho nada de Rick en la empresa?

—No. Se ha reportado la desaparición, pero hay un aire de hermetismo total. Me han asignado a otra área, con lo cual he quedado fuera de cualquier asunto relacionado al proyecto en el cual estaba Rick. Sé que tienen algo que ver, pero no puedo ir a la policía. No tenemos pruebas, sólo suposiciones.

—¿El traje estaba en la empresa?

—Si. Rick lo sacó antes de que pudieran llevárselo. Al parecer iban a probarlo con algunos indigentes.

Nuevamente Carlos sintió que las cosas iban cobrando sentido de a poco. Debía hablar con Frank una vez más. Todo tenía que estar conectado de alguna forma.

—Ying, debo ir a hacer unas averiguaciones. Creo que, si estoy en lo cierto, la nueva droga, los hechos de violencia, todo está relacionado. El traje por el momento está a buen resguardo. Necesitaré de tu ayuda para poder activarlo correctamente y encontrar todo su potencial. Puede que la suerte este de nuestro lado y podamos utilizarlo para encontrar al profesor.

—Recomendaría que no lo uses por tu cuenta hasta que sepamos bien qué es lo que hace. ¿Podríamos juntarnos mañana para examinarlo?

—Creo que estará bien.

—Perfecto. Te pasaré una dirección para poder reunirnos. Es un lugar un poco alejado, pero tendremos privacidad. No confío en la gente de la empresa y creo que alguien sospecha de mí.

—Me parece bien. Debemos actuar rápidamente. Mientras más tiempo pase, más peligro corre Rick. La unión hace la fuerza —dijo el joven mientras se levantaba y se despedía de Ying.

La mujer guardó sus cosas. En su interior, la esperanza de encontrar con vida a Rick volvía a renacer.

***

Carlos tenía la excusa perfecta para volver al *Help Center*. Ahora más que nunca necesitaba acudir a Frank. No era casual que lo tuvieran en cautiverio torturándolo. ¿Quiénes estaban detrás de todo eso?

—Bonita, estaré pasando en diez minutos a buscarte e iremos por esos *cupcakes*. —Le dijo Carlos enviándole un mensaje de voz a Cindy.

El traje le abría un mundo amplio y necesitaba aprender a utilizarlo lo antes posible. La vida del profesor dependía de ello. Tenía muchas preguntas, pero, de a poco, parecía que el destino iba abriéndose camino, primero con la activación y ahora con esa mujer Ying que podía ayudarlo. ¿Y si era alguien que enviaban quienes tenían cautivo a Rick para recuperar el traje?

Debía tomar el riesgo. Podría ir con el traje y activarlo. Al menos, sería un chance más de probarlo y poder resguardarse un poco, pero aún no debía anticiparse a los eventos.

En el trayecto pasó por Cindy que lo esperaba y se encaminaron al *Help Center*.

Al llegar, su novia lo tomó de la mano adelantando el paso para llevarlo a ver a la señora Grace, pero el joven le pidió ir a ver a Frank para saludarlo.

—Sólo será unos minutos. Me prometió conseguirme los nombres de unos músicos de su época. —Le dijo el joven mientras se alejaba guiñándole un ojo.

Al ingresar lo vio sentado con su radio donde resonaba una canción que decía: «… *I woke up this morning… same thing on my mind…*» en un cadencioso ritmo de blues que daba cierto aire nostálgico.

—¡Hola Frank! ¿Cómo estás amigo? —Le dijo el muchacho tocando su hombro y sentándose a su lado en la mesa.

—¡Muy bien Carlos! —Le dijo mientras dejaba de golpear la mesa con sus dedos—. Anoche recordé algo que quizás pueda ayudarte. Estaba buscando unas cintas para pasarte y me vinieron unos recuerdos de Tod que solía ladrar cuando le cantaba. —El hombre rio al recordarlo y su rostro se iluminó.

—Pues seré completamente honesto contigo Frank, he venido para charlar al respecto porque creo que muchos de estos eventos están relacionados. Incluso la gente que me atacó, todos presentan el mismo patrón de los ojos en blanco. Algo me lleva a pensar que pueden haber experimentado contigo.

—Hay un detalle que recuerdo cuando me llevaban, pero no estoy del todo seguro. —Le dijo Frank deteniéndose en seco y bajando un poco el volumen de la radio—. Recuerdo que cuando me subieron a la camioneta, pude ver que pasamos por un dragón que estaba en la entrada de una calle y por algo que parecía una iglesia, la camioneta terminó deteniéndose en un callejón. Cuando me sacaron, me pareció ver un edificio azul iluminado, pero siguieron golpeándome hasta que perdí el conocimiento.

—¿Como una torre? —preguntó Carlos con inquietud.

—Si, muy alto e iluminado —dijo mientras cerraba los ojos como reviviendo el momento—, pero como te dije, no estoy seguro, quizás los golpes me hicieron ver algo que no era.

Carlos notaba que los recuerdos afectaban a Frank y la música nostálgica parecía incrementar ese sufrimiento.

—Gracias Frank, aprecio mucho tu ayuda.

—Espero que no hagas locuras muchacho. No sé qué te motiva, pero ten cuidado.

—Lo tendré. Creo que hay algo muy grande detrás de todo esto y pienso que está relacionado con todos esos drogadictos que están por la ciudad, con la muerte de un amigo y el secuestro de mi profesor de la universidad.

—Entonces deberás confiar en tu intuición y en nadie más. Pero no hagas nada tonto, ¿ok? —Le dijo Frank con voz serena.

—Así será. Y dime, ¿me has conseguido algo para escuchar? —Le preguntó Carlos—, pues necesito una buena música para cuando luche contra estos maleantes, algo que no me haga dormir —dijo, y ambos soltaron una carcajada.

Siguieron hablando de música y Frank le dio unos casetes de varios bluseros de los años 50 y 60. El muchacho bromeó preguntándole si no tenía nada en formato «digital» para luego explicarle como los avances tecnológicos dejaban viejas tecnologías casi obsoletas, aunque también eran preciados tesoros para los que buscaban cosas «retro». Frank fue a buscar algo y volvió con un *walkman*.

—Aquí tienes la última tecnología para escuchar música. —Le dijo mientras le entregaba el aparato—. Sólo tendrás que conseguirle unas baterías. Puedes quedártelo.

Carlos lo examinó con gran interés y le agradeció. Le propuso ir a la cocina a buscar unos «casetes», algo que Frank aceptó de buen modo mientras se frotaba el estómago con ambas manos.

En el comedor, Cindy estaba colaborando con Grace en la preparación de una tanda de galletas. Algunos niños se escondían debajo de la amplia mesa para tomar las que se estaban enfriando sin que Grace pudiera verlos. Esta situación divertía mucho a Carlos y a Cindy quienes tenían que disimular sus sonrisas.

Rod entró buscando al muchacho.

—Carlos, necesito pedirte una mano para subir unas cajas que envió el señor Walter. —Le dijo el hombre secándose la transpiración de la frente.

—¡Por supuesto! —Le dijo y mirando a Cindy le hizo señas para que le guardara uno de los *cupcakes* y galletas.

Fuera del edificio, había una camioneta mediana con varias cajas de alimentos y ropa. Junto con los hombres del *Help Center* armaron un pasamanos y en cuestión de minutos descargaron todo. Rod controló el inventario y llamó a Carlos.

—Disculpa que te haya molestado, pero necesitaba que estuvieras. Han faltado algunas cosas últimamente y sabía que si estabas presente nadie intentaría llevarse algo.

—Quizás los niños lo han hecho sin intención. —Le dijo el muchacho—. Te estás convirtiendo en un viejo cascarrabias.

Rod lo miró con cara seria mientras movía su dedo índice negativamente.

—Lo he visto. Es Eric, el padre de una de las últimas familias que llegaron. Sabes, creo que está robando para conseguir drogas.

—¿Cómo lo sabes? —Le preguntó con sorpresa, cambiando su expresión alegre por una seria.

—Mira, desaparece por varios días y cuando vuelve duerme un día entero.

—Pero eso no dice mucho Rod, creo que…

—Y he encontrado esto tirado. —Le dijo sin que pudiera terminar su frase.

Carlos vio el frasco que decía Hyostine y eso fue suficiente para que el muchacho se pusiera en alerta.

—Debemos hablar con él ahora mismo. —Le dijo el muchacho y se dirigieron en busca de Eric.

***

El hombre estaba fumando un cigarro, vestía un suéter desgastado de color marrón claro a cuadros. Sus pantalones, gastados también, y sus botas lo hacían ver como si hubiera trabajado como leñador. Su pelo color rojo claro y su barba denotaban un demacrado aspecto. Rod se acercó y tomó la palabra.

—Hola Eric. Necesitamos hablar un momento.

—Hola. Si no tengo otra opción… —dijo el hombre mirándolos con ojos filosos y cansados.

—Mira, seré directo, realmente me preocupa que estés metiéndote en un juego del que no puedas salir.

—¿A qué te refieres? —Le dijo bajando su cigarro y levantando su mentón en forma desafiante.

Rod tomó cierta distancia y Carlos se adelantó tomando la iniciativa.

—Escucha Eric, el *Help Center* es un lugar que ampara a aquellos que no tienen a dónde ir. Rod me dijo que tienes una familia. ¿Crees que vale la pena exponerlos por unas drogas?

—¿Quién te ha llamado muchacho? —Le dijo tirando el cigarro y dando un paso hacia adelante.

Carlos flexionó sus piernas casi poniéndose en posición defensiva, pero sin retroceder.

—Y tú, ¿tienes que venir acompañado para enfrentarme? —Le dijo mirando a Rod—, ¿acaso te doy miedo?

—Quisiera que podamos hablar como caballeros. —Le increpó.

Carlos levantó una mano para calmar la tensa situación. Eric se adelantó y empujó al muchacho. En ese mismo instante, el puño de Rod chocó contra la cara del hombre que quedó tendido en el suelo.

—Se la tenía guardada para este momento —dijo Rod mirando a Carlos. Acto seguido se dio vuelta y le gritó—. Y ni se te ocurra tocarnos o llamaré a la policía y te echaré a patadas, ¿escuchaste?

Toda la valentía de Eric había quedado deshecha. El hombre temblaba como una hoja en el suelo. Carlos contuvo a Rod intentando calmarlo. No sabía cuál de los dos hombres estaba más nervioso.

Fueron a buscar una bolsa con hielo y luego de unos minutos Carlos le pidió a Rod que lo dejara con Eric. El hombre lo miró muy serio y le dijo que se cuidara. Acto seguido se dio vuelta negando con la cabeza y balbuceando unas palabras que Carlos no pudo oír. El muchacho se fue a hablar con Eric.

—Mira, Rod te tiene en la mira. Hemos encontrado esto y necesito que me cuentes dónde lo has conseguido antes de llamar a la policía y que te echen del *Help Center* —dijo y acto seguido le mostró el frasco de gotas.

—No, por favor —balbuceó el hombre. Estaba molesto y a la vez temeroso—, tengo a mi mujer y a los niños.

—Entonces ¿por qué estás haciendo esto? Ellos necesitan que salgas adelante, no que te metas estas cosas en el cuerpo.

—Es por las peleas. Necesitaba esas gotas para pelear. Si gano podré darle algo mejor a mi familia.

—¿De qué peleas estás hablando? —Le preguntó el muchacho con sorpresa—, ¿por eso estás robando las cosas del *Help Center*?

—Si —dijo el hombre secamente—. Oye, cuando gane repondré lo que me he llevado. Necesitaba comprar la Hyostine para la pelea.

—Empecemos por el comienzo y cuéntame cómo es eso de las peleas. —Le dijo a Eric mientras el hombre le pedía fuego para encender un cigarro.

Prácticamente no omitió detalles contándole que, mediante un contacto en el suburbio, había logrado dar con un lugar en el que se organizaban peleas clandestinas. En una noche podía hacer quinientos dólares, algo que estaba más que bien para sacar a su familia del *Help Center*. A su modo lo veía como una inversión, sin embargo, no conocía los efectos que producían las gotas.

—Me dijeron que son como una anestesia. Que no sientes el dolor y puedes pelear hasta cansar a tu oponente y que además te da energía.

—¿Y dónde organizan estas peleas? —Le preguntó mirándolo fijamente.

—¿Acaso irás con la policía? —Le dijo el hombre acomodándose el hielo y exhalando una bocanada de humo hacia arriba.

—Puedo llamar ahora mismo a la policía y mostrarles este frasco. Hay varios testigos y no creo que sea tu mejor opción.

El hombre agachó su cabeza y la movía negativamente como si no tuviera alternativa.

—El lugar… me han dicho que está en un callejón donde llegan carros muy lujosos, cerca del Excélsior Gate. El arreglo era que me llevarían para pelear cuando estuviese listo, pero no puedo darte más información porque correré peligro.

Carlos dejó de insistir cuando mencionó el Excélsior Gate. Ahora más que nunca debía comprobar si tenía alguna relación con el edificio que le había comentado Frank. Si sus sospechas eran ciertas, todo estaba relacionado, pero aún debía comprobarlo por sí mismo.

Sabía que ya no podría sacarle nada más. Habló un rato con Eric y luego llamó a Rod para tratar de recomponer las cosas. No podían llamar a la policía ni seguir haciendo que empeorara la situación.

—Rod, he hablado con Eric y creo que necesita una oportunidad. Sé que no es la mejor situación, pero toda su familia está expuesta por este problema y no creo que sea la solución llevarlo con la policía o echarlo.

—Él se lo ha buscado. ¿Qué pasa si luego los niños comienzan con las drogas? —dijo Rod con bastante mal humor.

—Creo que podemos resolver esto con un pacto de caballeros. Sabe que podemos llevarlo a la policía y que hay testigos, así que no está dispuesto a perder a sus hijos.

Se reunieron con Eric y hablaron un rato. Cindy había ido a buscar a Carlos. El muchacho apenas había levantado la vista cuando la vio acercarse y volvió su atención a la conversación. La muchacha entendió que estaban ocupados en algún asunto importante y volvió con Grace.

Eric se mostró molesto al comienzo, pero fue recapacitando a medida que hablaban. El *Center* no tenía estos problemas desde hacía años.

Ya estaba oscureciendo cuando Carlos vio la llamada perdida de su casa y un mensaje de Cindy en el que le preguntaba si estaba todo bien. Fue a buscarla. Aún quedaba algo más para hacer esa noche y necesitaba aprovechar el día al máximo.

VI. BÚSQUEDA CLANDESTINA

L a humedad había comenzado a empañar los vidrios del carro. Las primeras gotas de lluvia asomaban sobre la ciudad. El clima había cambiado en pocas horas y la ciudad se había cubierto de un rocío tenue. Las calles brillaban y reflejaban las luces deformando los colores. Alto e imponente, el Excélsior Gate se veía desafiante frente al cielo oscurecido. Su iluminación había sido construida para elevar la luz y llevar la eficiencia energética a nuevos niveles. Era un edificio de última tecnología que parecía un gigantesco teléfono celular caído del cielo.

Carlos conducía el carro con ansiedad hacia la zona sureste de China Town. Había dejado a su novia en la casa y tenía pensado dirigirse al Excélsior Gate rodeándolo por un perímetro de cinco cuadras que representaba un bloque limitado por las avenidas principales. Al acercarse a los cruces de calle, miraba en ambas direcciones para intentar identificar algo que pudiera darle una pista. No iba a ser una tarea sencilla con la llovizna, pero, por otro lado, lo ayudaba a ir más despacio para poder buscar.

«Frank mencionó un dragón y una iglesia, y si mis sospechas son ciertas, debe ser en la zona del Excélsior», hablaba consigo mismo internamente con una esperanza que aún seguía firme. Buscó en su teléfono las iglesias que podían existir por la zona para tener más precisión.

Los carteles iluminados parecían complicarle mucho la tarea, luego de cinco cuadras por una de las avenidas principales, giró a la izquierda y continuó buscando. Luego de unos quince minutos volvió al punto de partida. Quizás la ubicación de la iglesia estaba mal, debía girar e ir por las calles internas como si examinara renglón por renglón de una hoja.

Ya había recorrido más de la mitad de las cuadras y aún no había encontrado nada. Su corazón latía con fuerza, esa misma energía que lo impulsaba a buscar al profesor. No podía dejarlo a merced de quien estuviera detrás de todo esto. El recuerdo de John era como otro pozo que lo hundía en los recuerdos de esos momentos de desesperación, así que puso algo de música. La música retroalimentaba su energía y le daba nuevas esperanzas. Sólo fue cuestión de seguir dos cuadras más hacia la izquierda cuando divisó un dragón a la entrada de una calle diagonal. Unos setenta metros adelante, pasó por la iglesia ubicada del lado derecho. Había confundido una de las calles, por eso no la había encontrado. Redujo la marcha, sólo quedaba hacer un giro más a unos doscientos metros. Avanzó y como una puerta secreta, apareció frente a sus ojos. El callejón se internaba a una calle ciega donde se veían algunos carros lujosos. Algo inusual para esa hora y para esa zona. Ahora tenía una pista por donde podía comenzar a investigar.

Estacionó el carro y se dirigió hacia la cuadra de enfrente. A lo lejos divisó algunas personas en lo que parecía la entrada a un depósito. La pared estaba iluminada por varios reflectores. Vio pasar un carro que se detuvo y entró en un espacio de estacionamiento a metros de la puerta. Bajaron tres hombres que se dirigieron hacia el edificio. Cuando la puerta se abrió, Carlos pudo escuchar el sonido de la música dentro del lugar y un hombre alto y corpulento los dejó entrar. Había encontrado algo. Antes de irse, examinó la zona del estacionamiento. Podría trepar desde allí para meterse en el edificio, pero antes tenía que prepararse y planear bien su próximo movimiento. Volvió hacia su carro y se alejó del lugar. Eran cerca de las 10 p. m.

En el viaje de vuelta, llamó a Ying. Ahora más que nunca debía confiar en alguien.

—Hola, ¿cómo estas Carlos? —Le dijo la mujer con tono intrigado.

—Hola Ying. Disculpa la hora, creo que he encontrado algo que nos puede llevar al profesor. ¿Podemos encontrarnos mañana un poco antes?

—Tenía pensado hacer unos trámites, pero creo que podré postergarlos. —Le dijo Ying con tono calmado.

—¡Gracias! —Le dijo Carlos con énfasis—. Sabes que si no fuera importante no estaría llamando a esta hora. Dime dónde te parece que nos encontremos. Debo aprender a usar ese traje lo antes posible y necesito tu ayuda.

—Bien, te estoy enviando esta dirección. Es una casa que estoy alquilando. Está a unos cinco minutos del Sunset Boulevard, un poco alejado con lo cual no levantaremos sospechas.

El teléfono de Carlos vibró cuando recibió el mensaje.

—Allí estaré. ¿A qué hora...

—A las nueve en punto —Le dijo la mujer—. Nos vemos mañana. Adiós —dijo y luego de que el muchacho se despidiera, cortaron la comunicación.

En el trayecto de regreso, Carlos vio como una pareja de indigentes con un bebé buscaban el abrigo de una tienda improvisada. Quizás Rod podría ir a buscarlos con la camioneta y llevarlos al Center. Lo llamó y le pasó la ubicación para que pudiera ofrecerles algo de ayuda, si es que accedían a la misma, pues en ocasiones los indigentes no aceptaban ir al *Center*. El muchacho esperaba que por el bien de ese niño lo hicieran.

Al llegar a su casa, su madre le dijo que le habían dejado la cena en el microondas. Su padre estaba viendo la televisión en la sala junto a Christopher y Kimberly.

—Hola hijo, acaso huelo a galletas de chocolate —Le dijo Robert dándose la vuelta mirando la bolsa que traía el muchacho.

—Si papá, fui al *Center* con Cindy y he comprado unas galletas para todos. Ahora prepararé café.

—¡Ese es mi hijo, siempre pensando en los demás! —Le dijo el hombre con una sonrisa y se dio vuelta para seguir mirando la película.

Carlos calentó la comida y cenó rápidamente. Sólo quería dormir para levantarse temprano y dar el próximo paso.

***

La casa era amplia, de techo bajo con una puerta doble de color verde oscuro. Las plantas eran el común denominador del paisaje y una arboleda parecía resguardarla como si fueran centinelas.

El día seguía gris plomizo con nubes que parecían oscurecerse a cada minuto. Carlos había manejado desde temprano, pero había llegado a tiempo. Era verdad que la casa estaba alejada de la ciudad, pero era perfecta como para tener un poco de tranquilidad.

La mujer salió cuando lo vio ingresar con el carro. Lo estaba esperando en la puerta. El muchacho sacó el traje del baúl y entró a la vivienda luego de saludar a Ying.

La mujer había armado un centro de operaciones dentro de la casa. El salón era amplio, había un gran escritorio con varios monitores conectados. Había unos equipos que nunca había visto, y parecían ser unidades de alta tecnología. Todos los artefactos estaban dispuestos de forma que rodeaban a la mujer como si fuera una trinchera.

—Esto sí que no me lo esperaba. —Le dijo el joven asombrado.

—Me ha costado un poco conseguir este equipo. Aunque algunas cosas las he tomado del laboratorio. —Le dijo mirando una de las pantallas.

—¡Es increíble lo que has montado en este lugar!

—Gracias. —Le dijo levantando la cabeza y mirándolo con una sonrisa.

—Creo tener una pista sobre algo que puede estar conectado con el secuestro del profesor. He encontrado un lugar donde, al parecer, se organizan peleas clandestinas y, si estoy en lo cierto, está vinculado a los secuestros y a la droga Hyostine.

—¿Cómo puedes estar seguro de eso? —Le preguntó la mujer.

—Es un poco largo de explicar, pero haré el intento para resumirte. —Le dijo el muchacho mientras se sentaba en diagonal a la mujer.

Carlos le contó la base de sus sospechas, el secuestro de Frank Jackson, lo que había averiguado sobre las peleas ilegales y remarcó el ataque que había recibido cuando secuestraron a Rick.

Eran varias ecuaciones que parecían estar conectadas y quizás ese lugar, era el punto donde convergían. Posiblemente Rick estuviera cautivo allí.

Ying fue anotando en una pizarra todas las pistas, para los nombres fue utilizando las iniciales. Imprimió un mapa con la ubicación en la que lo habían atacado y el lugar de las peleas clandestinas. Finalmente agregó a SkyGold. Utilizó algunas pegatinas autoadhesivas para ir agregando notas. En minutos tenían muchas pistas y también muchos signos de interrogación.

—Esto nos ayudará para no perdernos. —Le dijo la mujer luego de terminar de pegar la última tarjeta—. Ve a ponerte el traje, quiero que hagamos unas pruebas.

Carlos se cambió y volvió con su ropa en un bolso. La mujer lo vio y le causo impresión al ver cómo había cambiado su apariencia. El traje le daba un aire superior, como si fuera un soldado del futuro.

—Cuando te diga necesito que lo actives —dijo y acto seguido se levantó para conectar unos cables sobre un equipo lleno de enchufes y luces que estaba a unos metros.

Un cable salía hacia una antena que estaba ubicada fuera de la casa. Encendió el equipo y las luces comenzaron a moverse y parpadear. El muchacho quería acercarse para ver que sucedía en las pantallas.

—Estoy conectando con un enlace satelital. Rick pensó todo muy bien y ha demostrado tener más ases bajo la manga de lo que yo pensaba.

—¡Es un genio! —dijo el muchacho intentando seguir lo que le contaba la mujer que ahora estaba sentada frente a las computadoras escribiendo algunos comandos.

—Dame unos segundos más. Listo. Ya estamos sincronizados y puedo ver que tu traje está preparado. Ya puedes activarlo.

El asintió con su cabeza y se colocó la máscara y dijo:

—¡M-CLAVE!

En ese instante, los sonidos comenzaron a rodearlo. Parecía como si todo girase a su alrededor. Sentía como su cuerpo vibraba al compás de la música, pero sin moverse.

Carlos sorprendido al reconocer los tonos musicales de sus canciones favoritas le preguntó a Ying cómo el traje decidía qué música poner. Ying examinó unos indicadores que mostraban una grilla de colores asociada con el estado de ánimo del muchacho.

—Ya te tengo —dijo Ying quien movió con el *mouse* unos módulos en pantalla—. La única explicación es que Rick se las ingenió en el nuevo proceso de sincronización para que, además del análisis de tus estados de ánimo, pueda vincularlo con las vibraciones que tu cuerpo asimila. En resumen, asocia tus canciones favoritas con todo lo que has escuchado y algunos algoritmos sugieren canciones que tienes en tus discos y quizás nunca has escuchado por *stream*.

Los módulos eran ventanas que podían unirse con distintos conectores. Una rama predominante mostraba el objeto principal que era el traje y a su alrededor varias ventanas que estaban conectadas con la posibilidad de agregar nuevas.

La mujer conectó uno de los módulos y lo fue ajustando. Se paró frente a los monitores y le dijo al muchacho que se pusiera de espaldas.

Luego tomó una pelota de goma y se la arrojó al muchacho.

Carlos escuchó algo acercarse por su izquierda, era como si las vibraciones le hubieran llegado unos segundos antes. Desorientado el joven movió su cuerpo instintivamente. Fue como si el tiempo se hubiera ralentizado y la pelota pasó sin tocarlo.

Ying le dijo:

—¿Qué sucedió?

Él se dio vuelta y le dijo:

—Fue como si hubiera escuchado un sonido que me alertó de algo en esa dirección. Como si se hubiera incrementado mi intuición.

—Exacto. He conectado un módulo que te permite anticiparte a cualquier objeto que pueda ir dirigido hacia ti. Es como si el traje tuviera cientos de radares escuchando en todas direcciones.

El muchacho estaba impactado procesando la información cuando escuchó cuatro sonidos que venían hacia él. Ying había arrojado cuatro pelotas más. Carlos giró con un salto de *capoeira* girando y poniéndose

de frente a la mujer. La acción fue tan rápida que por momentos Ying tuvo la impresión de que había cambiado de ubicación como si fuera una sombra. Ninguna de las pelotas dio en el blanco.

La mujer se acercó a la computadora y realizó algunos ajustes más. En la pantalla se abrió una paleta que mostraba una imagen del traje y una sincronía con cientos de líneas que parecían ser finas hebras que lo rodeaban. Pequeños puntos se movían como unidades de transferencias.

—¿Y ahora qué sigue? —preguntó el muchacho entusiasmado por los nuevos descubrimientos que iban surgiendo.

Ying seguía mirando el monitor, pero levantó su dedo índice indicándole que esperara. Luego levantó su mirada con una sonrisa y Carlos empezó a sentir sus canciones favoritas, como en una ráfaga que iba pasándole fragmentos a gran velocidad y con una claridad tan nítida que parecía estar frente a un escenario escuchándolas tocar. La fidelidad era increíble y sintió como su energía se renovaba y su cuerpo era invencible y fuerte.

La mujer monitoreaba distintos colores que iban apareciendo en el traje y los indicadores se incrementaban mostrando valores en habilidades como velocidad, fuerza y agilidad. El registro de geolocalización estaba bloqueado. Recordó cuando Rick le comentó que no había forma de rastrear el traje, pero ella no estaba tan segura. El profesor debía haber desactivado el módulo para su seguridad. Carlos sentía que podía salir y correr o bailar *capoeira* por horas. Su energía parecía haberse incrementado en cuestión de segundos a un nivel superior al que había sentido la primera vez que luchó con el hyostino que atacó el autobús.

—Ven. —Le dijo Ying llevándose una pequeña *tablet* y encaminándose hacia el patio trasero.

Al salir, había una bolsa de boxeo y tres maniquíes dispuestos sobre el pasto.

—Vamos a ver de qué otras cosas eres capaz. —Le dijo haciéndole una seña con su mirada para que se acercara hacia la bolsa—. Quiero que lances unos golpes, algo tranquilo, no demasiado duro.

Carlos se acercó y se puso en posición. Lanzó un golpe y rápidamente otro y otro más. El impacto en la bolsa produjo que esta se levantara por el aire y se le hiciera un agujero en el medio por el cual la arena comenzó a caer. Los tres golpes habían dado de lleno a una velocidad increíble y el último había roto la lona haciéndola volar unos metros.

Ying monitoreaba desde la *tablet* mientras tocaba con sus dedos la pantalla para realizar más ajustes. Activó un micrófono que llevaba ajustado en su oreja y le habló:

—¡Menos mal que te dije que dieras unos golpes no demasiado duros! —Le dijo mirándolo.

El muchacho se dio vuelta sorprendido:

—¿Puedes comunicarte conmigo? ¡Eso sí que no me lo esperaba! Prometo comprarte otra bolsa, ¡esto es increíble!

—Para eso estamos aquí, para ajustar el traje. Dime cómo te sientes.

—Estoy de maravilla, siento la música que me acompaña en cada movimiento que hago.

—Ve al medio de los maniquíes. Quiero que ahora los bajes a patadas cuando se iluminen, ¿ok? —Le dijo ella mientras se paraba a una distancia prudencial.

Carlos se puso en el medio de los maniquíes que estaban dispuestos en triángulo. Uno estaba agachado, otro de pie y el otro como si corriera hacia él. Hizo un pequeño salto en el lugar para flexionar un poco las rodillas y aguardó en posición con sus manos en guardia. El maniquí del corredor se iluminó y el joven se impulsó con un giro extendiendo su pierna derecha en una patada devastadora. Fue como si se hubiera impulsado en el maniquí que salió volando unos metros y el joven mientras giraba en el aire, cayó pateando con su pierna izquierda sobre el maniquí agachado para luego moverse y empujar al otro con sus dos puños.

La velocidad fue asombrosa, y en ese momento de gloria sintió unos sonidos que lo desorientaron y dos pelotas impactaron sobre él.

—¡Así no se vale! sin trampas por favor. —Le dijo mirando a Ying que, absorta en sus pensamientos, denotaba interés en el experimento.

—La vida está llena de trampas. Es mejor que estés preparado para lo inesperado. ¿Escuchaste o sentiste algo cuando las lancé?

—Sí, pero tardé en reaccionar. Realmente no me lo esperaba.

—Pues debes entrenar un poco para ir acostumbrándote. —Le dijo y marcó algo en la *tablet,* luego se dio la vuelta y le dijo:

—Creo que terminamos por hoy. Debo hacer unos ajustes más para que no pierdas la sincronización.

El joven la siguió y una vez dentro le preguntó:

—Ying, dime ¿qué más se puede hacer con este traje?

—Estoy tratando de averiguarlo. Estas pruebas eran básicas, era una evidencia que Rick había dejado en su despacho. Inicialmente fue construido para curar enfermedades, pero luego él le hizo varios cambios y no sé qué pudo ser.

Al parecer era algo que le habían pedido armar para probarlo, pero nunca se llevó a cabo. Su ex compañero y jefe, lo iba a utilizar para algún tipo de prueba militar y Rick se anticipó a eso llevándose las pruebas y los resultados preliminares. El vio cómo experimentaban con unos indigentes.

Carlos le preguntó mientras la miraba a sus ojos:

—¿Tú sabías que estaban experimentando con personas?

—No, pero escuché algo y le conté a Rick. El descubrió algo que estaba haciendo su jefe y fue cuando decidió llevarse el traje y me vi involucrada. —Le dijo la mujer que se fue acercando al muchacho afinando su mirada mientas le miraba los ojos.

—¿Qué tengo? —Le preguntó Carlos echando su cabeza hacia atrás.

—Tus ojos, están blancos.

VII. PUNTO DE IMPACTO

Dos camionetas y un carro lujoso de color negro ingresaron en el estacionamiento. Un hombre bajó del lado del acompañante y se dirigió hacia la puerta trasera. La abrió para permitir salir a un hombre de mediana edad que usaba un traje de dos piezas a rayas de color gris oscuro y una camisa de color vino tinto. Sus zapatos brillaban bajo la tenue luz. El resto de los hombres vestían trajes negros y camisas blancas. Al salir del vehículo, el mafioso hizo un gesto a uno de los guardaespaldas quien acercó un encendedor mientras tomaba un cigarro de una caja metálica. Luego de encenderlo, se estiró hacia atrás exhalando una bocanada de humo mientras el conductor y los otros hombres se acercaban.

—*Stasera chiuderemo un'operazione molto importante, attenzione a qualsiasi cosa sospetta* —dijo el hombre llevándose un dedo hacia su ojo derecho.

Esa noche concretarían una importante operación para llevar un cargamento de Hyostine al Área de la Bahía. Los hombres iban armados con pistolas 9 mm y siguieron al mafioso cuando les dijo en italiano:

—¡*Andiamo*! —dijo y acto seguido, se encaminaron hacia la salida del estacionamiento.

En las sombras, Carlos veía la escena con gran interés. Vestía un suéter y llevaba su traje puesto en caso de emergencia. Algo grande estaba por suceder en ese lugar y gracias a que hablaba un poco el italiano, había podido entender algo relacionado a una operación importante, tan sólo debía resolver como entrar en el lugar y hacerlo rápidamente sin ser detectado. Examinó la pared de unos cuatro metros de alto, quizás podría utilizar uno de los postes de luz para ingresar. Era un poco arriesgado, pero podría servir para ubicarse en el techo del edificio. Inspeccionó el lugar y lo bordeó hacia el final de la cuadra hasta llegar a un callejón que daba sobre la parte posterior del edificio. Había dos hombres bajando unas cajas de bebidas y pasándolas por una rampa que daba al depósito del local. Sentía el ruido de la música atenuado.

Observó a los hombres mientras terminaban de pasar la última caja por la rampa. Uno de ellos se subió a la camioneta y arrancó dejando el lugar mientras que el otro se quedó revisando su teléfono luego de cerrar la puerta del depósito. Al levantar la mirada, el guardia vio que alguien se acercaba, pero no podía verle el rostro porque tenía puesta la capucha de la campera.

—Lugar equivocado amigo. Da la vuelta y vete de aquí. —Le dijo en tono amenazante mientras guardaba su teléfono y se aproximaba al muchacho con intenciones agresivas.

Carlos iba acercándose y cuando vio al hombre acercarse hacia él con intenciones de golpearlo, activo el traje. El muchacho sintió como el atacante estiraba su brazo para tomarlo del suéter y el ruido de la ropa rasgando el aire, con gran velocidad se movió hacia la izquierda desviando el puño del agresor mientras que con su mano izquierda le dio un golpe que lo hizo dar medio giro cayendo inconsciente. Tomó su teléfono y luego de bajarle el volumen, lo arrojó dentro de un cesto de basura.

Estaba por arrastrar el cuerpo para ocultarlo detrás de un contenedor cuando escuchó una voz que le hablaba.

—¿Carlos? ¿Qué ha pasado? —dijo una voz clara con gran definición.

—Hola Ying, estoy por entrar al lugar —Le dijo Carlos mientras sujetaba al hombre arrastrándolo—, y he tenido que pagar mi ticket de ingreso.

—Sólo ten cuidado y evita los conflictos. —Le dijo la mujer.

—Espero poder hacerlo, pero ya he tenido que golpear a alguien para entrar. —Le dijo apoyando al hombre contra la pared.

—¿Qué has hecho que...? —preguntó la mujer sorprendida.

—Tuve que comprar mi ticket de ingreso... con los puños, pero tranquila, sólo lo he dejado noqueado. —Le dijo el muchacho.

—¡Vaya forma de adquirir una entrada!

—Ya sabes, no podía ponerme a trepar por los aires. Ahora voy a necesitar tu ayuda. Veré que puedo encontrar aquí dentro.

—Trata de no exponerte, si ese hombre despierta o lo descubren estarás en serios problemas.

—Creo que tardará un buen rato en recuperarse, aunque debo acelerar mis movimientos. —Le dijo el muchacho que quedó en silencio en el callejón.

Ingresó por la puerta trasera y se encontró con un pasillo iluminado. Se escuchaban algunas voces provenientes de la parte de la cocina. Una escalera bajaba directamente al depósito donde habían descargado las cajas. Continuó por el pasillo y dobló hacia la derecha cuando vio salir de una puerta lateral a una mujer que llevaba unas bandejas con comida. Carlos se agachó mientras veía como la muchacha salía por una puerta doble que al abrirse dejó entrar una oleada de gritos y música a todo volumen. Aprovechando esa fracción de segundo, se dirigió a la puerta frenándola antes de que se cerrara e ingresó mirando hacia abajo. A unos metros estaban los baños que bordeaban el pasillo. Fue bordeando el lugar para evitar la mirada de los custodios que estaban vestidos con chaquetas negras al igual que el hombre que había abatido en la entrada. El lugar estaba concurrido, lo cual lo ayudó a poder infiltrarse entre los espectadores. A su izquierda, había una gran barra iluminada donde los billetes parecían volar entre apuestas y tragos. Los gritos eran ensordecedores y Carlos fue mezclándose entre la gente que estaba eufórica esperando el próximo combate. En el centro la jaula, cubierta por una malla, tenía rastros de sangre. Dos mujeres con pantalones cortos y camisetas blancas salieron con unas armas de agua y comenzaron a dispararse entre ellas mojando sus ropas y al público que miraba. Los hombres gritaban y golpeaban la reja como si fueran fieras. Los altoparlantes anunciaron una nueva pelea y Carlos buscó un lugar en la parte más alejada para ver de qué se trataba. Luego de una breve limpieza del escenario, las luces se apagaron y comenzó a sonar una música de tambores. Un hombre vestido con un pantalón de boxeador thai salió a la arena y empezó a saltar mientras tiraba golpes y patadas al aire. Sus puños estaban recubiertos con unas vendas de color rojo y tenía una cinta atada en su frente que le daba un aire salvaje. Carlos quedó impresionado por la velocidad de sus movimientos.

La gente gritaba y vitoreaba al hombre que al parecer era el favorito. Le decían Tucker «*The Cobra*» por su agilidad y velocidad. Escuchó a unas personas comentar que en una pelea anterior había matado a uno de los contrincantes. El muchacho se puso en estado de alerta pues en ese lugar nadie se iba con pequeñeces, ese sitio sobrepasaba la ilegalidad en todos sus aspectos. Debía moverse con mucho cuidado.

Súbitamente el sonido distorsionado de una guitarra pareció desgarrar el lugar y se abrió una puerta dejando salir a un hombre que estaba bajo los efectos de la Hyostine, movía su cabeza en fracciones de segundo buscando en todas direcciones. Las luces parpadeaban emitiendo flashes y eso le daba a todo ese espacio un aspecto muy tenebroso, hasta que el sonido de un timbre anunció el comienzo de la pelea. El hombre divisó al contrincante que lo estaba esperando y se dirigió corriendo mientras abría su boca mostrando los dientes. *The Cobra* esperó hasta que estuviese a su alcance y se hizo a un costado dejando que el hombre chocara con la reja. A una gran velocidad se agachó y le dio varios golpes en los riñones y en la espalda que volvieron a empujar al contrincante contra la reja. Carlos miraba como la cara del drogadicto chocaba dejando un rastro de sangre contra la malla que separaba el lugar como si fuera una película y cuando vio sus ojos en blanco volvió rápidamente a la realidad. La furia crecía por dentro y sabía que debía calmarse y no actuar precipitadamente. Vio en la planta superior una habitación desde donde varios hombres miraban la pelea. Se preguntó quién estaría detrás de todo eso, mientras la lucha continuaba. Fue examinando con su mirada algún lugar por donde pudiera acceder al piso superior. Había un sólo lugar de acceso que estaba a metros de la puerta de ingreso principal, pero estaba fuertemente custodiado.

Un hombre de bigotes que usaba unos tejanos y un sombrero marrón golpeaba la reja mientras profería insultos y en un descuido quedó al alcance del hyostino que quebró uno de los dedos del descuidado espectador. El sonido del hueso al romperse sólo acrecentó más los gritos del público mientras el desgraciado espectador se revolcaba por el suelo del dolor al tiempo que unos hombres de seguridad lo sacaban del lugar.

El luchador golpeó y barrió con una patada al drogadicto que cayó al suelo gritando. Confiado se acercó para rematarlo y el oponente estiró una de sus manos hundiendo los dedos en su tobillo hasta traspasar la piel. *The Cobra* cayó al suelo gritando de dolor. El drogadicto se arrastró sobre el hombre que se retorcía en el suelo mientras encogía su pierna y no pudo evitar que las uñas del hyostino fueran desgarrándolo como si fueran navajas filosas. Con una fuerza que parecía sobrenatural, el atacante se posicionó sobre su cabeza y hundió sus dedos en los ojos del luchador que intentaba liberarse hasta que el hyostino con gritos incomprensibles y sin sacar los dedos de las cuencas ensangrentadas golpeaba la cabeza del hombre hasta que sus piernas dejaron de temblar.

Carlos quiso desviar su mirada varias veces. Era demasiado y cuando *The Cobra* murió pensó «Ojo por Ojo y Vida por Vida». En completo *shock* el muchacho se retiró como si le faltara el aire. Los gritos habían cesado por el inesperado desenlace desencadenando insultos de aquellos que habían perdido sus apuestas. Silbidos y chorros de cerveza caían sobre la arena al tiempo que sacaban al hyostino que parecía endemoniado.

El muchacho estaba esperando el momento propicio mientras vigilaba las escaleras, estudiando cómo los guardias se alternaban y movían de un lado a otro, sólo era cuestión de tiempo para que cometieran un descuido. Vio bajar por la escalera a unos hombres y reconoció a uno de ellos. Era uno de los mafiosos que había visto en el estacionamiento. El hombre iba escoltado por otros dos bordeando el área de la arena y entraron por una sección lateral. Seguramente por allí se debía acceder al sector en el que estaban los luchadores. Pensó que los indigentes debían estar encerrados en alguna especie de celda porque representaban un peligro enorme. Quizás Rick estuviese cautivo allí, o al menos tal vez podría obtener una pista acerca del lugar donde estaba.

Descartó la idea de subir por la escalera y decidió investigar la entrada a la arena. Debía esperar el momento en el que todos estuvieran atentos a la siguiente pelea que fue anunciada como la última de la noche. La barra se llenó de apostadores porque se proclamaba como «La Vendetta». El luchador era el hermano de uno de los mafiosos que había muerto a manos de un hyostino en la arena de combate. El hombre de rasgos italianos, alto y fornido había entrado en la jaula con un pantalón y un arnés negro sobre su pecho que tenía un símbolo de tres espirales unidas en el medio. El símbolo correspondía al triskele, y daba a entender la naturaleza del mafioso, originario de Sicilia. Sus brazos tenían diversos tatuajes de seres mitológicos y sobre los costados del arnés se veían encajadas unas cuchillas dobles.

La puerta se abrió y apareció el hyostino que había matado al hermano del mafioso. Con la misma furia y enceguecido salió gritando como si estuviera poseído. El mafioso se había puesto fuera del ángulo de visión acercándose hacia el costado y cuando lo vio, apretó sus puños y se acercó golpeando al hyostino que había sido tomado por sorpresa. Los golpes no pudieron hacer mucho cuando se abalanzó como si fuera una ola de violencia sobre el mafioso que rodó por el suelo. Pudo quitarse a tiempo de la embestida que podía haberlo dejado en una posición muy vulnerable. Era aterrador ver como la droga transformaba a una persona común en una bestia desencarnada. La jaula tenía unas rejas de acero y se recubría con un entramado que le daba cierta protección para impedir que los espectadores pudieran introducir o arrojar objetos dentro, pero en algunos sectores, había huecos rotos por los cuales algunos tiraban colillas encendidas y vidrios de botellas. El mafioso sentía los pedazos de vidrio en la zona de sus costillas y la sangre comenzó a brotar levemente. Se incorporó aprovechando que el hyostino estaba tirando manotazos hacia el público y sacó los cuchillos dobles sujetándolos con firmeza. Era hora de acabar con el espectáculo. En ese momento la puerta se abrió y un nuevo luchador ingresó en la arena. Era el momento que Carlos estaba esperando porque los espectadores se agitaban y hasta algunos de los guardias se habían acercado para ver la pelea. En ese momento pareció desencajarse cuando vio que se trataba de Eric. El hombre había hecho caso omiso y finalmente había aceptado participar en una de las peleas. Eric se encontraba desorientado, eran los síntomas que daban los primeros minutos luego de ponerse las gotas. El mafioso lo vio entrar desorientado y dudo si era alguien que estaba de su lado o se trataba de otro hyostino. Cuando lo vio caer de rodillas, se tiró a embestir a su oponente que aún no se había percatado del nuevo ingresante y extendiendo sus brazos los clavó abrazando al hyostino que se agitaba y tiraba arañazos. Golpeaba con una mano y liberaba la otra, y así fue marcando el cuerpo del drogadicto hasta que este empujó su cuerpo hacia atrás y ambos chocaron con la reja. Eric estaba temblando como si tuviera una convulsión y tomaba el frasco para ponerse más gotas hasta que tiró un chorro en sus ojos y el frasco cayó de sus manos rodando por la arena. La escena era perturbadora, el mafioso estaba sujetando al hyostino, con sus dos manos rodeó el cuello del oponente y cortó su garganta con dos movimientos en ambas direcciones. El hyostino desorientado intentaba gritar, agarrándose el cuello mientras caía hasta quedar inerte en el suelo. El mafioso se incorporó y se fue acercando lentamente a Eric que estaba de rodillas sobre el suelo como si estuviera rezando con sus manos extendidas hacia adelante.

—¡Noooo! ¡Eric muévete! —gritó Carlos golpeando la reja y dirigiéndose hacia la entrada lateral mientras activaba el traje.

Al llegar a la puerta la embistió y varios guardias se acercaron intentando detenerlo, pero cayeron como si fueran pinos de boliche. Los sonidos comenzaron a envolver a Carlos quien fue recobrando el control de sus emociones. Los guardias estaban incorporándose, aunque algunos parecían haber sido embestidos por un toro. La habitación posterior era grande y tenía unas jaulas de dos metros de alto donde habían recluidos un par de hombres. El muchacho vio al que había asesinado a «*The Cobra*» desmayado en la jaula. Una puerta comunicaba con otro corredor por el cual se escuchaban los gritos de otros guardias. Vio la puerta de la arena custodiada por dos hombres, uno de ellos con una tonfa y el otro con unos grilletes en sus puños. En una de las habitaciones, vio varias cajas marcadas con la letra H. Habría unas doscientas cajas y unos barriles rojos con unos símbolos en negro. No pudo distinguir si era un logotipo pues su atención se vio interrumpida cuando el hombre que tenía la tonfa se acercó gritando y le lanzó un golpe. Carlos pudo escuchar el sonido de la respiración, el metal atravesando el aire y a tiempo pudo levantar su brazo defendiéndose del atacante. Casi al mismo momento con su palma extendida le aplicó un golpe en el pecho que hizo caer de espaldas al hombre y la tonfa salió volando hasta chocar con la pared.

Más hombres estaban rodeándolo y sin pensarlo dos veces, se abalanzó a la puerta y entró a la arena donde el hombre que había conocido como Eric, ahora era una bestia salvaje que luchaba contra el mafioso.

En el piso superior el jefe mafioso miró a Rex sorprendido cuando otro indigente ingresó para luchar con su púgil.

—¿*Cosa significa questo*? —gritó el mafioso levantándose de la silla.

—La pelea estaba llegando a un punto plano, así que decidimos darle un poco más de condimento —dijo Rex con una sonrisa—. Si su muchacho gana, le bonificaremos una parte del cargamento.

El mafioso se pasó la lengua por los labios, pero tenía cierto aprecio por su hermano Alonzo y también se trataba de su arrogancia.

Había un tema de orgullo propio que le impedía perder nuevamente y sentirse humillado por Rex a pesar de que el trato era excelente.

—¿*Ma che cazzo dici*? —dijo el mafioso levantando su brazo enérgicamente—. ¡*Non voglio piú parlare, vaffanculo*! ¡Saca a mi muchacho de esa pelea!

Rex hizo un ademán a uno de los guardias para que frenaran la pelea.

—Creo que nos hemos excedido un poco, sólo queríamos darle un poco más de emoción a la noche. No vamos a dejar que un malentendido arruine este trato —dijo Rex mientras le servía un vaso de whisky al mafioso que lo aceptó de buena gana cuando vio que su púgil había liquidado a uno de los hyostinos y ahora iba a ocuparse del otro.

En ese momento otro luchador entró en la arena. El mafioso miró a Rex como preguntándole si era una broma, pero Rex cambió su semblante

cuando vio que ese contendiente no tenía nada que ver con lo planeado para esa noche. ¡El traje!, pensó inmediatamente.

—¿Quién es ese? —Le gritó a uno de los guardias, que estaba recibiendo por el comunicador la noticia de un infiltrado.

—No saben quién es. Una persona del público, entró al calabozo y se metió en la arena —dijo el hombre.

Preguntó por el comunicador si se trataba de un policía encubierto, o sólo era un loco de los tantos que había entre la multitud.

—¡Déjenlo para que se divierta con el hyostino! —dijo Rex.

—Y dejen a mi muchacho también, ahora si se ha puesto pareja la pelea —dijo el mafioso con tono sarcástico.

En la arena, Alonzo tenía una rodilla puesta sobre la espalda de Eric que se encontraba de boca al suelo. Había preparado sus cuchillos para dar el remate final cuando sintió el grito del joven.

—Déjalo o será lo último que hagas, ¡te lo juro! —gritó mientras sentía como algunos guardias comenzaban a rodearlo. El muchacho

había dejado de escuchar la música y en ese momento Ying le dijo por el intercomunicador que activara el traje.

El mafioso se dio vuelta como si hubieran interrumpido su concentración en una tarea importante y le lanzó un cuchillo a Carlos que en ese momento gritó «M-Clave» activándolo.

El tiempo pareció detenerse y el muchacho pudo anticiparse al objeto volador arqueando su espalda y hombro hacia atrás. El letal acero impactó de lleno sobre uno de los guardias que cayó muerto instantáneamente. El mafioso tomó por la espalda a Eric y lo lanzó hacia Carlos que realizó una *esquiva baja* de *capoeira* para defenderse e incorporarse rápidamente sin perder el equilibrio. El movimiento hacia la derecha fue muy veloz y en dos saltos llegó al mafioso a quien golpeó con sus dos piernas que saltaron del suelo hacia arriba, como si fueran un resorte. Los pies impactaron de lleno en el rostro de Alonzo que cayó hacia atrás y se golpeó fuertemente contra la reja quedando desmayado. Eric se había abalanzado sobre los guardias que intentaban contenerlo mientras otros entraban en la arena dispuestos a reducir a Carlos. El público estaba completamente descontrolado y volaban colillas encendidas por toda la arena entre silbidos e insultos.

Carlos contuvo la respiración buscando su equilibrio mientras la música comenzaba a sonar a su alrededor. Parecía que la absorbía y su energía lo hacía vibrar y recuperarse velozmente.

—Estoy aquí Carlos —dijo Ying—. Puedo ver varios puntos de peligro a tu alrededor. Si estás en apuros debes salir inmediatamente de ahí.

—Recién comienzo a divertirme —dijo el muchacho que tomó impulso para dar una patada voladora con medio giro.

Tres guardias cayeron golpeándose entre sí mientras el muchacho golpeaba a los otros que estaban sujetando al hyostino.

Eric estaba fuera de control y por más que Carlos quiso detenerlo era como si una parte de su ser no existiera. Los hombres quedaban tirados en el suelo mientras la puerta de la arena se abría y entraban dos guardias con unos bastones eléctricos. El muchacho sentía el ritmo de la música que lo ayudaba a sincronizar con sus movimientos. Debía sacar de alguna forma a Eric de allí, quizás noqueándolo.

El primer guardia hizo un ademán y dos hombres se movieron con las armas de descarga eléctrica. El primero se detuvo para ponerse unas gotas y el segundo fue directo a clavárselo en el pecho. La descarga lo tomó por sorpresa pues aún no lograba orientarse del todo cuando los ataques eran simultáneos. El *shock* eléctrico lo hizo caer de rodillas y el muchacho giró hacia atrás mientras se tomaba el pecho con sus manos. Vio como dos descargas caían sobre Eric que aullaba de dolor hasta que se tensó como un arco y quedó desmayado. Una nueva descarga caía sobre Carlos y fue Ying quien le dijo que cruzara los brazos para que no pudieran darle en la cabeza y detener el impacto. El muchacho cruzó sus brazos formando una X y pateó con fuerza. El mismo golpe logró alcanzar al guardia y le permitió a Carlos incorporarse. Se dirigió al otro guardia a quien dejó fuera de combate con un par de golpes. Tomó a Eric y lo arrastró dentro de la habitación dejándolo apoyado contra una de las jaulas que tenía un enorme cartel que la bautizaba como «calabozo».

Detrás de la reja, los gritos eran ensordecedores y el público comenzó a romper botellas y se produjeron varias peleas mientras algunos hombres entraban tratando de separarlos. La gente de la barra estaba escapando del lugar por las puertas laterales.

Carlos entró en la habitación que tenía las cajas y abrió una para ver que contenían. Su intuición no había fallado y estaban llenas de dosis de Hyostine. Las cajas estaban marcadas con unas etiquetas negras que tenían unos códigos. Se acercó a uno de los barriles que habían llamado su atención y vio un símbolo. Le resultaba familiar, pero no podía recordar dónde lo había visto. Esa habitación era un depósito de distribución de la droga que estaba en los barriles. Encontró una computadora hacia el final de la habitación sobre un escritorio. Entre varias carpetas y papeles encontró unas hojas con anotaciones de lo que parecían ser pruebas realizadas con seres humanos. Pruebas que realizaban con los indigentes a quienes aplicaban la droga y diversas fotos con imágenes espantosas producto de los experimentos.

—Carlos, ¿estás fuera? Dime que sucede —Le preguntó Ying desde el otro lado.

—Esto es horrible. Aquí experimentaban con personas. —Le dijo el muchacho completamente en *shock*—. Todo era cierto. Está todo relacionado.

—¿Y Rick? —Le preguntó la mujer.

—No está aquí. Tampoco lo vi en las fotos, pero hay algo que me llamó la atención, y es que una de las carpetas tiene valores de distintos días y dosis y hay barriles rojos llenos de Hyostine que tienen las iniciales SG.

—SkyGold —dijo la mujer—, los barriles rojos son del sector de ensamblado y desechos de pruebas químicas.

—Pero no los usan para desechos, los usan para distribuir la droga y fraccionarla —dijo el muchacho.

—Sal de allí, si estoy en lo cierto, puede que tengan a Rick en ese sector de SkyGold —dijo la mujer.

—Si, sólo que debo sacar a alguien de aquí —dijo el muchacho y su diálogo fue interrumpido repentinamente cuando un disparo sonó a sus espaldas.

Al darse vuelta vio a tres hombres en la puerta de la habitación. Uno de ellos era un hombre que tendría la misma edad que Rick y vestía un traje y anteojos. Mirándolo fijamente le habló:

—No sé quién eres ni que haces aquí, pero te aseguro que esto es lo último que habrás visto en tu vida —dijo y acto seguido apuntó y comenzó a dispararle al joven.

Carlos se tiró al piso escondiéndose entre las mesas en las que cortaban la droga y fue esquivando los disparos. No sabía si el traje era a prueba de balas, pero no lo iba a averiguar en ese momento. Los otros dos hombres comenzaron a rodearlo por ambos flancos mientras las botellas explotaban por los aires. Una mesa comenzó a arder mientras Rex gritaba a los guardias que lo capturaran inmediatamente. Había vaciado su cargador y estaba recargando cuando las llamas alcanzaron una de las cajas. De allí en más fue un efecto en cadena que comenzó a prender el resto de las cajas. Carlos tomó una silla y golpeó a uno de los atacantes que cayó sin poder disparar. El que iba por la izquierda apuntó y le hizo tres disparos en secuencia. Carlos se había tirado al suelo y rodaba por el piso logrando esquivar los dos primeros y luego al último disparo le arrojó un tarro que había sobre la mesa. El hombre intentó cubrirse y disparó aleatoriamente. La bala impactó en uno de los barriles que explotó haciendo volar varias mesas y destruyendo una gran cantidad de cajas. El fuego ahora se esparcía por toda la habitación.

Rex estaba solo y al ver la explosión huyó maldiciendo. Estaba asombrado y furioso a la vez, alguien había llegado hasta ese lugar con el traje que estaban buscando desesperadamente. Alguien que debía tener una buena razón para estar allí, husmeando. ¿Rick tendría un cómplice? Debía reorganizarse y esperar el próximo movimiento del desconocido, pero para ello, debía salir vivo del lugar.

La habitación ardía y el fuego se había vuelto incontrolable. Carlos estaba tendido contra un costado donde las cajas habían caído como un domino. El impacto había amortiguado el golpe. El humo impedía ver prácticamente a más de un metro y el joven se arrastró hasta llegar a la puerta. Vio una puerta abierta que antes no había detectado y subió una escalera que daba al primer piso. Se encontró en una habitación con instrumentos de enfermería, que lejos estaba de ser un lugar de curación. Había una camilla con cintos para sujetar el cuerpo y unas máquinas de monitoreo cerebral. Una escalera subía a un piso superior, pero le llamó la atención una nueva habitación más amplia con la que quedó horrorizado al ver la clase de experimentos que allí se llevaban a cabo. El humo comenzaba a llenarlo todo y empezaba a sentirse mareado. Definitivamente no había rastro de Rick y ahora debía escapar lo antes posible del lugar antes que se viniera abajo. Al volver a la escalera, era imposible bajar, el humo y las llamas se esparcían rápidamente. Sintió un ruido y el piso tembló. La habitación de las camillas estaba cediendo y se desplomaba sobre el piso inferior entre nuevas explosiones. Corrió hasta el final del pasillo que bordeaba el recinto y llegó a la habitación de la gran ventana de vidrio. Los mafiosos habían huido y no quedaba nadie. Una nueva explosión lo aturdió y sin darle tiempo, otra más hizo temblar el piso de forma crítica. El muchacho tomó una silla y la arrojó a la ventana que estalló en pedazos. Una serie de explosiones en cadena comenzaban a producirse. Carlos activó el traje y sin dudarlo, saltó por la ventana. Al caer en la arena, vio tendido a Eric, con un disparo en su cabeza, inerte. El muchacho no pudo evitar sentir lástima, en cierta forma luego del incidente les había tomado cariño a sus niños, sería un duro golpe para esa familia. En un esfuerzo final, lo arrastró fuera del calabozo. No podía hacer nada más por él.

El lugar había quedado desolado cuando se escuchó la primera explosión. El humo y el fuego cubrían todo el lugar. El calabozo parecía el mismo infierno con todo el fuego en su interior. El muchacho vio cómo las llamas consumían y traspasaban a la habitación del piso superior que caía abruptamente. Se dirigió a la salida lateral por la que había entrado. Ya no quedaba nadie en el lugar. Al salir al callejón el aire fresco le devolvió un poco el ánimo.

Sentía las sirenas de los bomberos y de la policía, debía huir lo antes posible del lugar. Al llegar al garaje, los carros de los mafiosos ya no estaban. Mientras se dirigía a su vehículo, las lágrimas caían por su rostro, se recriminaba no haber podido salvar a Eric, no obstante, había logrado salvar muchas más vidas destruyendo ese laboratorio clandestino de Hyostine. Ying intentó comunicarse un par de veces, pero el muchacho no respondió. Al llegar al carro salió rápidamente de la zona. En ese momento sólo quería un poco de silencio, silencio absoluto.

VIII. CONFIANZA

El pasillo era angosto, las paredes lucían en mal estado y adelante se veía una habitación de la cual se irradiaba la luz en forma intermitente. El único sonido provenía del tubo de neón que parpadeaba sobre el pasillo. En la habitación, un hombre torturaba a dos individuos. Uno de esos hombres era John y el otro Rick. Ambos estaban desmayados con el mentón reposando sobre el pecho mientras un hombre que estaba de espaldas parecía hablarles. Carlos se acercó decidido y en ese momento la figura se dio vuelta mirándolo fijamente. Era el hombre que le había disparado cuando estaba en el depósito donde se guardaba la Hyostine y en el que él estaba buscando alguna pista sobre Rick. Con un tono inquietante le dijo:

—Ya sé que tienes el traje, pero yo tengo a Rick —dijo mientras hacía una mueca siniestra con sus labios.

El muchacho avanzó unos pasos y fue como si cayera en un pozo, al mirar hacia arriba, vio al individuo que se acercaba con unas gotas para ponerlas en sus ojos. Quería escapar, pero no podía moverse, ni siquiera mover sus brazos. Escuchó una voz femenina que le decía:

«Tus ojos... están blancos», reconoció el timbre de esa voz. Era Ying.

A continuación, una voz masculina le dijo:

«Eres la única persona en la que confío…», reconoció el timbre de voz de Rick en esa frase.

«Estuve en un lugar oscuro y echaban gotas en mis ojos…», decía una nueva voz que reconoció como la de Frank.

—¿Hijo estas bien? —dijo una voz que golpeaba la puerta de la habitación—. Ya es pasado el mediodía.

El muchacho abrió los ojos e instintivamente miró hacia la puerta. Aún llevaba el traje puesto.

—Si papá… me quedé dormido —dijo mientras se incorporaba acercándose a la puerta—. Estaré en unos minutos en el comedor.

—Hijo, estás muy raro estos últimos días. Si necesitas hablar de algo estoy para lo que necesites —dijo Robert del otro lado de la puerta.

—Estoy bien papá, estos días han sido un poco estresantes con el regreso al trabajo y a la facultad. —Le respondió mientras se quitaba el traje a toda velocidad y buscaba su ropa para cambiarse.

—Luego hablamos, no te demores —dijo el hombre dirigiéndose al comedor y olfateando el aire pues detectaba un olor extraño.

Varios pensamientos pasaron por la cabeza del joven, especialmente el hecho de que debía buscar un lugar fuera de su casa para no exponerlos. Si alguien lo había seguido, estaría poniendo en peligro a toda su familia. Por otro lado, el olor a humo se le había quedado impregnado en el cabello, pero no así al traje. Se dio una ducha lavándose la cabeza tres veces. Recordaba los golpes, la caída, el cuerpo de Eric en el suelo, y los ojos del hombre que había entrado en la habitación. Esos ojos filosos llenos de furia y odio. El hombre que parecía llevar adelante todo ese lugar, y que ahora, sin dudas, estaba vinculado con todo lo que había sucedido. Se terminó de bañar y se perfumó de pies a cabeza, pero algo del olor era permanente en su cuerpo y en la cama de su habitación. Luego se encargaría de eso. Al entrar al comedor, su madre se levantó y fue a buscar el almuerzo.

—¡Al fin te has despertado! —dijo Araceli—. ¿Otra noche desvelado estudiando?

—Digamos que sí. Estuve algo ocupado y volví tarde. Qué lindo tienes el pelo, ¿nuevo estilo? —dijo el muchacho intentando cambiar el curso de la conversación.

—¡Veo que eres el único que se ha dado cuenta! —dijo la mujer mirando a Robert que estaba mirando las noticias comiendo un pedazo de pan.

—¿Eh? ¡Oh, si! Te queda hermoso querida —dijo el hombre con la boca llena desviando su atención.

En la televisión estaban pasando la noticia del incendio en el lugar de luchas clandestinas. La policía informaba que había un par de víctimas fatales y que habían encontrado rastros de la droga Hyostine en los barriles destrozados. El lugar parecía funcionar como una discoteca, pero en realidad se organizaban peleas clandestinas y era un depósito donde fraccionaban la droga. Carlos se quedó mirando las escenas y todos los recuerdos parecían caerle como fichas uno detrás de otro. Aún estaba en *shock*, como petrificado. Se atribuía como causa del incendio un fallo eléctrico pero algunos vecinos declaraban que se habían escuchado tiros y explosiones antes de que todo ardiera en llamas.

—Cindy te ha llamado varias veces. —Le dijo Kimberly y el muchacho cayó en la realidad, más que nunca, de que debía buscar un lugar donde quedarse, al menos unos días mientras realizaba sus próximos movimientos. Por otra parte, tenía que resolver su situación académica y laboral. Habían logrado cubrirlo, pero necesitaba volver a su realidad.

—Gracias Kim. —Le dijo a su hermana quien aprovecho para preguntarle.

—¿Irás a la clase de *capoeira*? Porque pensaba si podrías llevarme de pasada a casa de Wendy.

—Si, te dejo y luego iré al salón para hablar con mi profesor, así que prepárate —dijo el muchacho aprovechando la excusa perfecta para salir y organizarse con Ying, que le había enviado varios mensajes.

Carlos habló con Cindy mientras preparaba su bolso y guardaba el traje. La habitación olía a humo.

—Hola bonita —dijo el muchacho cuando ella lo atendió del otro lado, y antes de que ella pudiera decir algo, le dijo tranquila y pausadamente—, te debo una disculpa por no haber atendido ayer, y antes que pienses en cualquier cosa, estoy bien, sólo que necesito hablar contigo para contarte algo muy importante.

El silencio duró dos segundos que se le hicieron eternos. Parecía como si Cindy se hubiera quedado sin voz del otro lado.

—Mira, no sé qué te está pasando. No sé si cuando te llamo y no atiendes o no me respondes los mensajes es porque estás pensando en alguien más, o si aún sigues con todas esas pesadillas, hasta he llegado a pensar que quieres suicidarte.

—No bonita, no es eso... sólo que necesito hablar contigo personalmente. No hay nadie más que tú y no estoy tan loco como para suicidarme sabiendo que eres la chica de mis sueños.

Del otro lado podía escuchar el llanto contenido de Cindy.

—Escúchame, pasaré por ti luego del trabajo, ¿quieres? Y hablaremos.

—Está bien. —Le dijo la chica con un hilo de voz—. Debo volver al trabajo.

—Espérame lista que a la salida pasaré por ti. —Le dijo el muchacho—. Sólo puedo decirte que es algo relacionado con el profesor Rick. Te amo.

—Yo también. —Le respondió un poco más animada.

—Estoy completamente seguro de eso. —Le dijo el muchacho—. Pero yo más.

Luego de cortar con Cindy, el muchacho envió un mensaje a Ying. «Estoy vivo. Necesito hablar contigo», escribió y antes de salir la mujer le contestó para reunirse. «Estaré en media hora», respondió Carlos quien sólo debía llevar a Kim y planear el próximo paso.

Se despidió y avisó que iría por Cindy en la tarde luego de terminar con sus cosas. Kimberly estaba lista y durante el viaje fue contándole acerca de una materia que le resultaba fascinante. Ella tenía muchas ganas de seguir alguna profesión relacionada con la química, pero se llenaba de dudas por las matemáticas. La chica era muy inteligente, sin embargo, a veces su autoestima parecía atentar contra ella. Carlos quería mucho a su hermana y siempre la escuchaba. La charla se puso animada y ambos comenzaron a inventar nombres de compuestos químicos. El muchacho sentía una angustia que le impedía desconectar al 100% los hechos acontecidos y su vida normal, pero el bromear con Kim le ayudó a despejar su mente un poco.

Al llegar la chica se despidió y Carlos esperó a que le abrieran la puerta. Se despidió tocando la bocina y se encaminó hacia el encuentro con Ying.

***

El carácter de Ying parecía frio y distante en ocasiones, especialmente en su vida profesional en la que sus facciones pocas veces parecían transmitir sentimientos. Incluso en su relación con Rick siempre existió la formalidad, pero era la única persona ante la cual solía expresar algunas emociones, que se manifestaban con una sonrisa y se podía notar un brillo en sus ojos muy particular, o incluso preocupación. Además de su hermana, el profesor era la única persona en la cual ella confiaba.

Había estudiado en una de las más prestigiosas universidades de Pekín orientada a la Organización de empresas y luego de graduarse hizo varias maestrías en el Reino Unido, Alemania y Francia. Su experiencia en el campo de la tecnología la fue adquiriendo durante muchos años de su adolescencia cuando solía ir con su padre al mercado de Huaqiangbei y compraban piezas electrónicas. En otros países los niños jugaban con rompecabezas mientras ella, ensamblaba celulares y *tablets* como parte de su entretenimiento. Luego de terminar una magistratura en París, se quedó trabajando allí por dos años.

En una *vernissage* de arte griego, conoció a Rick de forma casual. El profesor estaba tomando una foto de una vasija cuando chocó accidentalmente con Ying que estaba a sus espaldas. El hombre soltó su teléfono que se desarmó en el suelo. La mujer levantó las piezas con total naturalidad y en cuestión de segundos ensambló las piezas de forma casi intuitiva. Rick quedó completamente asombrado ante la habilidad de la mujer y su conocimiento de arte en general. Durante la charla ella le comentó acerca de su idea de cambiar de rumbo laboral, y al final del evento, intercambiaron tarjetas de contacto. Unas semanas más tarde, le llegaría una propuesta laboral para ir a vivir y trabajar en Estados Unidos, como asistente de Rick en el área de tecnología. Luego de meditarlo, accedió sin dudarlo. Sería una buena oportunidad para estar cerca de su hermana. Los Ángeles siempre fue un lugar que la atraía para trabajar y se presentaba como un excelente cambio de rumbo. En menos de un mes, Ying se encontraba trabajando en SkyGold. El lugar era un campus tecnológico prominente, que iría creciendo año tras año.

Con la desaparición de Rick, los eventos se habían desencadenado inesperadamente, pero sabía que no podía perder el control y que debía mantenerse integra.

Carlos estacionó el coche y la mujer salió rápidamente hacia la puerta para abrirle. Ying no podía ocultar su preocupación. Ella estaba al tanto de las noticias y sin mediar palabra ingresó a la vivienda seguida por el joven. Ambos se sentaron en la mesa de la sala. El sonido del televisor era lo único que sonaba y fue el muchacho quien rompió el silencio.

—Antes que nada, disculpa porque no me comuniqué ayer —dijo mirando hacia un punto fijo en la mesa mientras la mujer lo observaba con sus manos apoyadas sobre la silla y los dedos cruzados.

—Las cosas se salieron un poco de control —dijo el joven—, y una persona que conocía fue asesinada.

—Tienes que confiar en mí. —Le dijo Ying mirándolo a los ojos—. Pude haber ido a buscarte en el carro si tan sólo me hubieras dicho qué sucedía. Creí que habías muerto en el incendio de no ser por el indicador del traje, pero luego se desactivó y no supe nada hasta que te comunicaste conmigo.

—Si, discúlpame. Quedé destrozado y me desmayé literalmente cuando llegué a mi casa.

—¿Fuiste a tu casa? Si alguien te seguía ¿sabes lo que significa? —Le dijo la mujer sorprendida.

—Si, lo sé. No fue una noche fácil y no encontré rastros de Rick.

—No sirve de nada si mueres y ellos se apoderan del traje. Tienes que

confiar en mí.

—Lo haré. No quería involucrar a más gente, pero tienes razón, debemos trabajar en equipo para lograr encontrar al profesor. —Le dijo el joven asintiendo con su cabeza como si hubiera cometido un error.

—Las iniciales de los barriles que encontraste, son de SkyGold. Todo el tiempo estuvo delante de mis narices. Rick debe estar allí —dijo la mujer dejando salir sus emociones.

—Tienes que ayudarme a entrar. Con el traje tenemos la posibilidad de poder sacar a Rick antes de que sea demasiado tarde.

—Pero esta vez lo haremos a mi manera. —Le dijo la mujer—. Conozco las instalaciones y te podré ayudar en todo momento.

—Gracias. —Le dijo el muchacho sintiéndose más confiado—. Había un hombre que me pareció que era el jefe de la organización, de la edad de Rick, pero con ojos filosos. Traía unos lentes que le daban un aire de científico. Creo que en un momento reconoció el traje, pero escapó cuando estallaron los barriles y las llamas comenzaron a devorar el lugar.

—El maldito Rex —dijo Ying luego de escuchar al muchacho—. Era colega de Rick, pero luego se convirtió en su jefe. De alguna forma imaginaba que estaba en algo turbio cuando Rick me contó, pero no llegó a darme demasiados detalles porque fue a buscarte para coordinar entregarte el traje y luego lo secuestraron. Quizás debimos acudir a la policía en ese momento. El problema ahora es que todo se ha complicado más de la cuenta y quedaríamos muy expuestos.

—Si, además creo que la mafia también está involucrada, con lo cual estamos sumando varios problemas más al asunto.

—Te explicaré cómo son las instalaciones de SkyGold. De hecho, podré hacerte ingresar sin levantar sospechas, pero debes tener mucho cuidado. Hay un lugar que se utiliza para el protocolo de emergencias. Creo que Rick me ha dejado algunas sorpresas con los documentos, algunas cuestiones de seguridad que podremos saltar para que ingresemos sin ser detectados. Pienso que lo tenía todo diagramado para entrar por su cuenta a llevarse el traje, pero ese día entraremos con mi carro. Sólo espero que no hayan caducado los códigos.

—Así lo haremos —afirmó el muchacho y acto seguido le dijo—. Creo que debes ayudarme con la activación permanente del traje, pues se me complicó un poco en algunos momentos de la pelea, de no haber sido porque pude activarlo a tiempo, no estaría aquí hablando contigo.

—Si, necesito analizar con detenimiento uno de los módulos, pero a nivel de códigos. Temo que al volver a compilarlo no pueda activar las funciones básicas. —Le dijo la mujer.

—Entonces deberé usarlo así, no podemos perder más tiempo sabiendo que Rick corre peligro y estamos tan cerca. —Le dijo el muchacho y la mujer asintió pesadamente como si no estuviera en total acuerdo. Luego le dijo:

—Respecto a tu casa, si quieres puedes quedarte aquí unos días. Al menos así no expondrás a tu familia.

—Estoy muy agradecido Ying, pero no, gracias, necesito cuidar a mi familia. Sólo un detalle, hoy debo hablar con mi novia. Sé que no debo decir nada, pero no puedo ocultarle esto. La amo demasiado como para perderla y esto de jugar al vigilante no es algo que puedo ocultarles a todos. De hecho, tú ya lo sabes.

Ying lo miró comprensivamente y le dijo:

—Tú sabes lo que tienes que hacer. Así como te pido que confíes en mí, yo confío en ti.

—Lo sé —dijo el muchacho—. Mañana iremos por Rick.

***

Cindy estaba retocándose cuando su amiga Megan entró en la habitación donde guardaban las pertenencias.

—¿Tenemos una cita? —Le dijo mientras tomaba su mochila.

—Carlos me pasará a buscar. Hoy fue un día largo y estoy un poco cansada, pero quiero que me vea bien. —Le dijo mientras daba unos últimos retoques.

—Se te nota en tu cara que estas agotada. ¿Segura que estas bien?

—Estoy un poco preocupada por mi novio, pero creo que se me ha juntado el cansancio de estos últimos días.

—¿Y cómo te han salido los estudios? —Le preguntó la joven con interés.

—Aún no tengo los resultados, quizás esta semana tenga novedades. Creo que me vendrá bien salir un poco a despejarme.

—Pues cuídate, amiga, que tu galán te lleve a casa antes de la medianoche, ¿me escuchaste princesa?

—Si Meg, pareces mi hermana mayor. —Le respondió Cindy haciendo una cara triste—. Te quiero mucho.

Las muchachas rieron y salieron juntas. La bocina del carro le hizo notar a Cindy que Carlos la estaba esperando. Saludó a Megan y se dirigió al vehículo mientas el muchacho salía para recibirla. Cuando estuvo a un metro de distancia, sacó una rosa y suavemente se la acercó. Cindy lo miró y sus ojos se llenaron de lágrimas de la emoción. La pareja se fundió en un beso y un abrazo.

—Se que estuve muy desconectado bonita, te pido perdón. No quería preocupar ni a ti ni a mi familia. —Le dijo el muchacho sincerándose.

—Respeto tu intimidad y tu silencio, mira, yo también he estado un poco angustiada y cansada últimamente. Creo que todo lo que está sucediendo en la ciudad me tiene un poco estresada.

—No es para menos. Esa droga está explotando por todos lados y ahora debemos lidiar con ese nuevo problema.

—Pues te atacaron a ti, luego a tu hermano, y todo el día veo las noticias. Me preocupas demasiado.

—Mira, debes sobreponerte y pensar en nuestros planes de irnos a vivir juntos. —Le dijo el muchacho besando sus parpados.

—Pues si no avanzas con la universidad, es algo que veo muy lejano. También he hablado con Peter y me ha dicho que te ha estado cubriendo en el trabajo.

—Esta situación me tiene en una encrucijada, por eso necesito hablar contigo y explicarte qué sucede. —Le dijo Carlos mirándola con algo de culpa por ocultarle todo desde el primer momento.

Cindy lo miró sin decir nada, aún no habían subido al carro y el joven tomó su mano invitándola a caminar por la avenida iluminada.

—Sabes que he tenido pesadillas luego de lo que sucedió con John, sueños recurrentes en los que el intentaba decirme algo. Pues nada de esto hubiera tenido sentido, hasta que Rick vino a vernos la noche que tocamos con los *EZ Doors*. Él tenía algo que decirme, mejor dicho, algo para darme. Al parecer estaba en una investigación muy importante y lo han secuestrado porque descubrió una organización delictiva detrás de todo eso.

La muchacha lo miraba y prestaba atención sin decir una sola palabra.

—Sé que sonará como una locura, pero ¿recuerdas cuando Frank Jackson nos contó acerca de la causa por la cual quedó ciego? Pues, todo eso está relacionado con esa droga que está produciendo tantos hechos de violencia en la ciudad. Rick ha sido secuestrado y estoy seguro de que su vida corre peligro por cada minuto que pasa.

—¿Y por qué no dejas que se encargue la policía?

—Porque nadie está investigando el caso. Además, si alguien se enterara de que Rick me fue a buscar para que me reuniera con él aquella noche, todos correrían peligro, tú y mi familia.

—¿Pero por qué? ¿Qué puedes hacer tú en toda esta historia? No eres un investigador privado ni policía —dijo la chica con preocupación.

—Por supuesto que no lo soy. Sólo que estuve investigando al respecto y tratando de juntar evidencia para que pueda intervenir la policía. Ese lugar que se incendió anoche… —Cuando lo mencionó, Cindy lo miró muy seria.

—¿Sabes? Todo el día han pasado eso en las noticias. Han muerto algunas personas allí dentro y al parecer era una especie de laboratorio de la droga.

—Lo sé, porque he investigado ese lugar.

—¿Me estás hablando en serio? ¿Acaso estás loco? Es un lugar muy peligroso del que incluso han dicho que tiene vinculación con la mafia —dijo la joven sin dejar hablar a Carlos—. Creo que debes dejar que la policía tome el caso ahora que tienen una pista.

—Pero no saben nada de Rick ni de que él está en peligro. Sabes que no me creerán si voy a hacer una denuncia. Si bien he podido unir todas las piezas, no tengo pruebas que demuestren todos los puntos conectados. Por eso es por lo que estoy usando el tiempo que tengo para dar con el rastro de Rick.

—¿Es que acaso no tienes miedo? Ya no digo por ti, sino por tu familia o por mí. Recién me lo habías dicho. ¿Para qué fue el profesor a buscarte esa noche? ¿Acaso te contó todo esto?

—Vi cómo lo secuestraban.

—Me dijiste que no habías llegado a encontrarte con él y que te atacaron —dijo la chica.

—Porque te amo demasiado como para preocuparte más de la cuenta. Todo pasó muy rápido y creo que necesitas ir asimilando las cosas de a poco. Sólo puedo pedirte perdón por no haberte contado la historia completa —dijo el muchacho con el semblante bajo mientras ella lo miraba.

El muchacho la abrazó por detrás cruzando sus brazos sobre la chica y se quedaron unos minutos en silencio.

Cindy fue la primera en hablar.

—Te pudieron haber matado esos desgraciados. Por favor, deja que la policía se encargue de todo. Ya debes recuperar tu vida y debemos planificar juntos nuestro futuro si es que aún quieres uno.

—Aquí es donde estoy en una encrucijada. Porque la vida del profesor está en riesgo y siento que necesito el apoyo de alguien de mi confianza para poder seguir adelante.

—Sabes que siempre te apoyaré y estaré a tu lado, pero tengo miedo de que puedan matarte. No podría superarlo.

—Yo temo no poder hacer nada para salvar a Rick y que termine como John. Sería un golpe devastador para mí.

—¿Y qué piensas hacer? —Le dijo ella dándose la vuelta y mirándolo a los ojos.

Carlos la vio hermosa, con el rostro embellecido por el rubor de sus mejillas y el brillo en los ojos producto de las lágrimas. La miró y guardó esa imagen en su memoria porque nunca la había visto de esa forma. Pensó en contarle acerca del traje, pero no podía exponerla a cualquier peligro que pudiera causar el hecho de saber su identidad. Respiró hondo y le dijo:

—Tengo una pista y sólo debo ver la forma de poder estar seguro de que Rick esta allí. Si estoy en lo cierto, creo que será una buena oportunidad para llamar a la policía y que lo rescaten.

—Por favor prométeme que no te meterás en problemas. ¿Recuerdas cuando hablamos de nuestros proyectos a futuro?

—Todo marchará bien. Sólo, cree en mí. —Le dijo entrelazando los dedos en su mano.

Tan solo quisiera que todo esto fuera una pesadilla, poder despertar a tu lado y que fuera el día del concierto —dijo y lo abrazó apoyando su cabeza contra su pecho.

Cindy sintió como si todo el cansancio le hubiera caído de golpe.

—¿Podemos hacer un pequeño cambio de planes? —Le dijo al muchacho—. Estoy un poco cansada para que salgamos, podemos pasar a comprar algo y lo preparamos en casa.

—Por estar contigo, cualquier cosa. —Y acariciando su mejilla le dijo—: creo que ha sido bastante por hoy, es hora de ocuparnos de nosotros.

El malestar en la zona del estómago punzó como un alfiler en la muchacha quien se dobló tocándose el abdomen.

—¿Estás bien? —dijo Carlos tomándola entre sus brazos.

—Si, sólo fue el reflejo de una puntada. Creo que ha sido una semana muy dura en el trabajo y ya sabes, las preocupaciones, creo que he dormido poco también.

—Me siento culpable por eso, ven, vamos a casa. —Le dijo el muchacho mientras ella negaba con su cabeza y le hacía una sonrisa mientras el dolor se apagaba de a poco—. Toda esta situación tiene la culpa. Eso nos exime a nosotros. —Le dijo y a continuación, lo besó y se dirigieron al carro.

Carlos se sentía culpable. Por un lado, la angustia lo estaba devorando por dentro, el impacto de lo vivido la noche anterior y, por otro lado, necesitaba a Cindy y debía recomponer las cosas. En el viaje fueron hablando acerca de una comedia romántica en la que la protagonista viajaba por distintos países. Carlos pensó que le vendría bien para despejarse. Después de todo, viajar, o ver otros lugares, aunque sea en una película, siempre lograba abstraerlo un poco de la realidad.

Podía permitirse esa noche para estar con ella. Debía permitírselo.

IX. ENFRENTAMIENTO

El hombre tomó uno de los frascos de la bandeja y lo sacudió previamente antes de cargar la jeringa de metal. A sus espaldas, el doctor Rex se acercaba hacia la silla donde se encontraba prisionero Rick. Su mirada intentaba ocultar la furia, pero era demasiado grande como para que su rostro pudiera contenerla y abofeteó al hombre que estaba atado con unos cintos de cuero. Sus pies estaban encadenados a la parte posterior de la silla como para asegurar que, si intentaba pararse, cayera al suelo inmediatamente.

El agresor miró al enfermero quien le pasó la jeringa mientras se acercaba con un equipo de monitoreo cardíaco cerca de Rick.

Rex hizo una mueca con su boca manifestando su ira, y el ceño de sus ojos se arrugó como si algo impredecible fuera a suceder. Acercándose a su víctima le dijo con una voz tajante como el filo de una navaja.

—Sé que tienes un cómplice… y pienso que no debe moverse solo, ¿no es cierto colega?

Rick movió la cabeza lentamente en forma negativa mientras en su rostro se dibujaba una mueca burlona.

—Todo tu plan está acercándose a su fin —dijo Rick—. Y sabes que no me importa morir, porque tu vida corre el mismo peligro que la mía…

todos obedecemos a intereses superiores, ¿no es cierto... colega? —Le retrucó provocando una reacción violenta en Rex que lo abofeteó más fuerte esta vez.

—Ya estoy cansado de este juego. Estás haciendo que pierda mi paciencia. Ese motel donde te escondiste, ¿creíste que podrías huir tan fácilmente?

—Los subestimé, debí haber sido más cuidadoso, pero al menos sé que nunca tendrán el traje.

—Eso es lo que tú crees. Sabemos que tu secretaria estuvo allí también. Unos cuantos billetes fueron suficientes para que el dueño del motel nos diera todos los detalles.

Rick lo miró en silencio pensando cuidadosa-mente qué responder y tratando de no perder la calma.

—Estuve con alguien, pero no con ella. Era una dama de compañía —dijo sin bajar la mirada—. Por algo era un motel.

—Rick... Rick... Rick... eres un pésimo mentiroso. Pero te doy el crédito de querer defenderla. Aunque no sirva de nada. Sólo estábamos esperando que hiciera su primera jugada, pero no creo que haya sido ella la que entró en nuestro depósito con el traje. Era un hombre, no una mujer la persona que estaba usándolo.

El profesor presionaba su mandíbula intentando mantenerse duro como una piedra, inmutable. Muy dentro de él pensaba en Carlos y en el peligro que corría Ying con toda la situación, que ahora conocía completamente Rex.

—Te diré algo, nos ha costado mucho dinero esa jugada, y sólo me falta saber cuál es el otro cómplice del cual no tenemos rastro alguno aún.

—La edad está acabando contigo Rex. Eres patético. Nunca obtendrás el traje.

—Sé que tu secretaria vendrá sola a la boca del lobo. Puedo saborear ese momento. Y cuando así sea, la sentaré frente a ti para que la veas sufrir.

—Mátame de una vez maldito. No sacarás nada de mí.

—No, porque haré que tu sufrimiento llegue al límite de tu cordura, buscaré debajo de la última piedra de este mundo hasta encontrar a tus aliados, porque el gato ha mostrado sus uñas, y me ha rasguñado.

—La próxima vez no tendrá compasión —dijo Rick con una sonrisa—, porque ese felino es un tigre… colega.

—Nosotros somos los cazadores… y tú eres la carnada. —Le dijo Rex mientras se acercaba y clavaba la jeringa en el cuello de Rick que intentaba moverse y forcejeaba mientras lo tomaban por el cuello.

—Esta dosis es «especial»… colega. —Le dijo empujando su cabeza mientras Rick se tensó y sus ojos comenzaban a ponerse blancos mientras gritaba desenfrenadamente.

***

La tarde caía sobre SkyGold que estaba iluminado por los faroles. La salida de emergencia para el protocolo de evacuación se anexaba al sector lateral. La puerta estaba cerrada con clave de acceso y era uno de los sectores que se vigilaba por cámara. Sólo tenían treinta segundos para entrar utilizando uno de los códigos de acceso que había dejado Rick. Ying y Carlos se acercaron esperando el momento. Ella vestía una ropa oscura y el muchacho usaba un suéter que ocultaba el traje ya que no sabían con que podían enfrentarse.

Cronometraron el movimiento de la cámara y cuando salió del ángulo de visión se acercaron rápidamente.

—Por nuestro bien, espero que Rick haya guardado el número correcto —dijo Carlos mientras la mujer sacaba su teléfono para validar el código y lo ingreso rápidamente.

La luz verde de la puerta los invitó a ingresar y una vez dentro, Ying miró al muchacho y le dijo.

—No conoces del todo a Rick. Siempre está un paso adelante.

—Estoy sorprendido. —Le dijo el muchacho—. Pero sigamos antes que la suerte deje de estar de nuestro lado.

El corredor estaba iluminado y las señales giraban como un laberinto. Se sentían como peces nadando en contra de la corriente, como si las flechas que mostraban el camino hacia la salida fuesen fuerzas invisibles que los repelían para que se alejaran de ese lugar.

Ying tenía un mapa en su teléfono que iba guiándolos hacia el sector donde suponían que estaría Rick. Al llegar al sector que salía al estacionamiento, la mujer recordó cuando escuchó la conversación de Rex y un escalofrío la hizo detenerse.

—¿Qué sucede Ying? —Le preguntó Carlos que se detuvo a su lado.

—Estoy cayendo en cuenta del peligro en el que nos encontramos. Debemos ser muy cuidadosos porque no nos dejarán salir de aquí. Aún podemos volver y avisar a la policía o incluso llamar a los medios, no lo sé —dijo la mujer con cierto nerviosismo que, por primera vez, sorprendió a Carlos.

—Pues ya estamos dentro de la boca del lobo, no es momento de dar marcha atrás. Debemos confiar en el traje y en Rick como él lo ha hecho con nosotros —dijo el muchacho con la voz tranquila.

—Sigamos y no pensemos demasiado —dijo la mujer volviendo a recuperarse de su breve lapsus de inseguridad.

Llegaron a la puerta de evacuación del sector de laboratorios. Uno de los pasillos daba a un gran depósito en el que se almacenaba gran cantidad de barriles rojos como los que Carlos había encontrado anteriormente. Había un contenedor con unos ciento cincuenta barriles que estaban preparados para ser transportados. Siguieron hacia el edificio siguiente cruzando un pequeño patio. La mujer se movía con naturalidad, y le dijo a Carlos que se moviera junto a ella sin volverse ni mirar a quien pudieran cruzarse.

El edificio estaba iluminado y con otro de los códigos de acceso, pudieron ingresar al piso. Vieron salir a personal de limpieza y continuaron por un pasillo central donde se podían ver distintas habitaciones con ventanas de vidrio. Los laboratorios tenían una infraestructura que parecía sacada de una película de ciencia ficción. Había una especie de cabina para que una persona pudiera meterse y ser analizado. ¿Qué hacían con esos equipos?

Una de las habitaciones mostraba una pared en la cual había impactos que parecían ser de proyectiles, aunque no parecían balas comunes y corrientes, sino que los impactos parecían haber hecho explotar partes de la pared que estaba recubierta con una especie de goma. Distintos medidores y equipos de computación llenaban los recintos. Al final del pasillo, una puerta doble estaba cerrada y el código de seguridad era doble. La mujer le dio una tarjeta a Carlos y le indicó qué números debía ingresar. Ella hizo lo mismo y lo miró.

—A la cuenta de tres introduce la tarjeta. Fíjate bien y prepara todo porque debemos hacerlo sincronizado. Luego introduce los cinco números y me dices cuando lo hayas hecho. Yo te daré la voz para que presionemos juntos el botón de «*Enter*».

—Pues parece muy fácil, pero tú haces que se vea difícil.

—Varias veces se ha disparado la sirena, pero una cosa es cuando la gente que trabaja aquí hace esto y no cuando dos intrusos quieren entrar. Así que presta atención.

La mujer contó y ambos introdujeron las tarjetas. En una fracción de segundo pusieron los códigos. Carlos dudo en una milésima si no se había confundido. Los nervios comenzaban a surgir, pero lograba dominarlos.

—Listo —dijo Carlos.

—¡Ahora! —dijo Ying y ambos presionaron «*Enter*».

El muchacho esperó oír la sirena, pero en lugar de eso, la luz verde les abrió la puerta por la que pudieron pasar antes de que se cerrara.

El laboratorio era amplio como un salón de conferencias y estaba lleno de equipos de investigación. Había una habitación llena de servidores y equipos que estaban refrigerados. Sobre el sector izquierdo, había una habitación que estaba cerrada.

Al fondo, había otra habitación con una ventana enrejada, parecía ser el único lugar por el cual podían ver hacia su interior. Ying se quedó paralizada cuando vio a través de la ventana. Se llevó la mano a su cara e hizo un quejido ahogado.

Carlos estaba impresionado entre tanta tecnología y de lo amplio que era el salón. Se acercó a Ying que estaba con los ojos llorosos. Nunca la había visto así. Al mirar dentro de la habitación, se sintió aturdido y confundido. Había un hombre amordazado en una silla. Un hombre que se parecía a Rick, pero el estado demacrado que tenía lo hacía ver envejecido. Sus ropas estaban manchadas con sangre, la camisa y el pantalón parecían los de un indigente más que de un profesor de la universidad. Carlos forzó la puerta que se abrió fácilmente como si quisieran que pudieran entrar.

Al acercándose a Rick, vio que el hombre estaba apenas consciente. En el suelo había una jeringa y algo de sangre, producto de los golpes que había recibido. Ying entró y corrió a abrazar a Rick. Con ayuda de Carlos, comenzaron a quitarle los cintos que lo sujetaban de sus brazos. El problema estaba en las cadenas de sus pies. El muchacho pensó en tirar de las mismas, pero temía lastimar a Rick. La mujer se levantó a buscar alguna herramienta que pudieran utilizar para romper los eslabones.

El muchacho habló en voz baja acercándose al profesor.

—Rick, ya estamos aquí, hemos venido a rescatarte.

El hombre levantó lentamente su cabeza como si pesara doscientos kilos. Dibujó una sonrisa que se mezclaba con su rostro golpeado.

Ying había encontrado una barra de metal para hacer palanca y quebrar los eslabones.

Cuando Rick la vio, sus miradas se cruzaron y los ojos del hombre comenzaron a lagrimear. Las lágrimas caían por la mejilla de Ying quien no dijo una sola palabra y tomaba la cadena mientras le daba la barra de metal a Carlos para que pudiera hacer palanca.

El muchacho logró romper ambos eslabones y entre los dos cargaron a Rick por los hombros. Al salir a la habitación principal, una voz salió por los parlantes.

—Veo que ha llegado la caballería —dijo una voz masculina que resonó en el salón—, ...vamos a presentarnos, tomen asiento, es de mala educación irse sin saludar.

La voz continuó:

—Soy el doctor Rex, un viejo colega de Rick. Oh, cierto, la dama ya me conoce y yo a ella, con lo cual nos ahorraremos esa presentación, pero a quien no he tenido el gusto de terminar de conocer es a ti muchacho. ¿Quién eres?

—Seré tu peor pesadilla si no nos dejas salir de aquí —dijo Carlos levantando su voz.

—Oh, veo que ya comienzas a mostrar tus garras —dijo Rex—, sin embargo, esta vez no tendrás la misma suerte que tuviste cuando destruiste mi local.

—¡Eres un maldito! ¿Por qué secuestras indigentes? —Le preguntó el muchacho mientras Ying le hacía señas para que no hablara.

—Muchacho, creía que eras más inteligente, pero veo que hay que explicarte todo. Los indigentes son rechazados por la sociedad, rechazados y olvidados. Y es la sociedad quien no ayuda a su propia gente, así que YO les doy la oportunidad de ser útiles para algo y los uso para nuestros proyectos. Estábamos teniendo algunos problemas con las primeras camadas hasta que pudimos «avanzar» con nuestros experimentos mediante las peleas, pero tú, gatito curioso, lo has arruinado todo.

—¡Son seres humanos maldito seas! —gritó el muchacho poniéndose de pie y buscando con su mirada las cámaras de seguridad.

—Al fin y al cabo, nadie se va a dar cuenta de que estamos secuestrando indigentes porque a nadie le importa esa gente. El progreso de la ciencia tiene un costo, que es ínfimo en comparación a los beneficios.

El muchacho se tiró la capucha hacia atrás dejando ver la máscara. Rick llamó a Carlos, su cara estaba pálida, como si la presión le hubiera bajado.

—Mi muchacho, el traje… es tuyo —dijo el hombre mirándolo con una sonrisa y continuó—. Mi excolega es el responsable de los ojos en blanco… de la drog… —Y antes de poder terminar la frase, se retorció como si su estómago estuviera siendo perforado.

—Profesor, debemos salir de aquí. —Le dijo el muchacho y súbitamente la voz resonó en los parlantes.

—Entrégame el traje muchacho —dijo Rex por los parlantes con un grito.

—¡No! —dijo Carlos—. Si lo quieres, ven a buscarlo.

Rick se incorporó mientras Ying lo ayudaba a sentarse.

—Rex es sólo un peón en este juego… —dijo el profesor—. Por favor, deben irse antes de que… —Y esta vez el cuerpo de Rick se entumeció y comenzó a tener una especie de convulsiones. Ying se levantó y retrocedió cuando vio que los ojos del hombre comenzaron a ponerse blancos y movía sus brazos hacia todos lados tirando los equipos que había en las mesas. El hombre chocó con una mesa haciendo que se sacudieran las computadoras que caían producto del impacto. Carlos tomó del hombro a Ying y le hizo señas de que se alejara. El centro del salón era amplio y los escritorios se formaban circularmente, con lo cual parecía una especie de campo de batalla.

—Veo que mi dosis especial de Hyostine ha hecho efecto, no creí que tuviéramos tanta suerte, así que ahora será cuestión de esperar que él se encargue de ustedes para volver a tener el traje —dijo Rex observando la situación desde el ala contigua del edificio—. No te servirá de nada muchacho, porque la dosis es demencial. Cuando Rick los deje hechos pedazos pasarán algunas horas hasta que se dé cuenta de lo que ha hecho.

El muchacho se volvió para mirar a Rick. El hombre echaba espuma por la boca y sus convulsiones lo estaban tensando como un arco. El muchacho buscó algo para amarrarlo, pero no había nada que pudiera utilizar más que los cables de los equipos.

No tuvo tanto tiempo tampoco, porque mientras corría a la habitación para buscar lo que quedaba de las cadenas o los cintos de la silla, el grito de Ying lo hizo volver rápidamente sobre sus pasos.

El muchacho hizo un gesto de disgusto mientras volvía a toda velocidad saltando sobre las sillas y mesas.

Vio al profesor que estaba moviéndose erráticamente hacia Ying, pero era como si algo lo frenara hasta que cayó de rodillas con sus manos apoyadas sobre el suelo. En el otro extremo de la habitación, Ying estaba intentando abrir la puerta ingresando códigos de seguridad que no surtían ningún efecto. La mujer tomó la estructura de un reflector y se dispuso a defenderse ante el inminente ataque de Rick.

El hombre estaba completamente desfigurado, su rostro tenía la expresión de un demente, había rabia en sus ojos que estaban en blanco y se filtraban algunas líneas rojas. Las venas de su cara y cuello parecían a punto de explotar. Cuando el hombre levantó la cabeza y ubicó la posición de Ying, fue como si toda su energía se hubiera concentrado y con un impulso, dio un salto de tres metros impulsando sus brazos de atrás hacia adelante. Ying gritó y se escudó con el reflector para defenderse con lo que logró amortiguar la arremetida de Rick, pero la empujó haciéndola caer y golpearse contra un tablero eléctrico que lanzó chispas por el impacto.

La mujer había quedado tendida en el piso y el profesor se había levantado moviendo su cabeza hacia ambos lados como una bestia furiosa.

Carlos corrió mientras decía «M-Clave» y sintió el traje activarse. El profesor había llegado hasta Ying a quien tomó del brazo y se preparaba para lanzar a la mujer por los aires.

—Umm... tus ojos también se ponen blancos. Eso si es muy interesante —respondió Rex por los parlantes.

—¡Rick, no! —gritó el muchacho que saltó apoyándose en una de las mesas y con una patada impactó al profesor en el pecho. El golpe lo hizo volar dos metros golpeando contra una puerta de acceso. Una pila de papeles se dispersó por los aires cuando rebotó sobre uno de los escritorios. El muchacho ayudó a Ying a incorporarse. La mujer con la cara completamente aturdida y gestos de dolor le hizo un gesto con la mano para que se ocupara de Rick.

El profesor había tomado una silla que arrojó hacia el muchacho, pero rápidamente Carlos pudo detectar el objeto, golpeándolo con un trípode que había tomado del suelo. Rick gritaba frenético, sin embargo, había como una fuerza invisible que lo estuviera deteniendo por breves segundos, pero no era suficiente para impedir que su estado salvaje pudiera dominarlo nuevamente.

—Está tratando de controlar el efecto de la droga. —Le dijo Ying al muchacho.

El hombre tenía las ropas desgastadas, producto de los golpes y los movimientos frenéticos de su cuerpo, la camisa estaba hecha jirones y las marcas en su piel le daban un aspecto no humano.

Carlos se anticipó al movimiento de Rick quien se abalanzó sobre ellos corriendo mientras gritaba. Su postura había cambiado y venía agachado como si fuera una fiera salvaje, pero con una inteligencia superior.

—Rick ¡detente! —Le gritó el muchacho—. No quiero lastimarte. —Le dijo y acto seguido intentó barrer al profesor con una patada al nivel del suelo, pero el hombre saltó esquivándolo. Se dio media vuelta mientras el muchacho se incorporaba y con sus brazos lo tomó de los hombros como si quisiera desarmarlo. Carlos parecía no poder reaccionar. El rescatado se había convertido en el enemigo en cuestión de minutos y el muchacho no quería dañar al profesor.

También sabía que no había forma de hacer entrar en razón al hombre bajo los efectos de esa poderosa droga así que sin darle tiempo a que pudiera quebrar sus huesos, pegó un salto en el lugar golpeando con sus rodillas al hombre en el abdomen y abriendo el bloqueo recibido con sus brazos para liberarse de él.

El profesor retrocedió unos pasos y volvió a la carga con golpes en forma desordenada y caótica que el muchacho fue esquivando y anticipando gracias al traje. Era como si le estuviera dando ventaja para no herir a Rick.

Ying había vuelto lentamente a la habitación donde tenían cautivo a Rick buscando algún tranquilizante que permitiera anular el efecto de la droga. En una vitrina la mujer encontró algunas dosis, pero no estaba segura si la dosis sirviera para algo o si, por el contrario, podría matarlo.

Rick buscaba cualquier cosa que tuviera a su alcance para luchar con el muchacho, había tomado una pesada impresora que arrojó por el aire haciéndola estallar en pedazos contra uno de los paneles de servidores. Los vidrios estallaron y una lluvia de chispas cubrió el aire. Algunos cables habían entrado en corto circuito y estaban incendiándose.

Carlos había perdido de vista a Ying y mientras la buscaba con su mirada se dio cuenta que la música se había detenido y el profesor se abalanzó nuevamente sobre el muchacho, golpeándolo y tirándolo al suelo. La velocidad era increíble, y al parecer se estaba potenciando cada vez más porque ahora sentía que los golpes que le había dado sobre su pecho lo hacían arquearse de dolor. El muchacho no había tenido tiempo de activar nuevamente el traje al final de la canción, por lo cual sólo pudo impulsar con sus piernas al profesor que se movió hacia atrás para lanzarse nuevamente con sus manos sobre el muchacho. Carlos activó una vez más el traje y pudo resistir la fuerza de los brazos que se cerraban sobre su cuello. Esta vez no dio ventaja al profesor y lo golpeó esquivando sus ataques. El hombre rodó por el suelo y se levantó de un salto. Volvió a la carga decidido a desgarrar al muchacho con sus uñas que parecían filosas navajas. Los ojos estaban inyectados en sangre y pasaban de ser blancos a un color carmesí que, bajo el efecto de las luces, lo hacía lucir como si estuviera muerto en vida. Carlos lo esquivó y golpeó con sus piernas dándole varias patadas. El ritmo parecía acompañar la velocidad con la que los golpes salían impulsados por sus brazos.

El profesor recibió los impactos en el abdomen y el pecho y perdió el equilibrio con un barrido fulminante que lo hizo caer de espaldas sobre el suelo. El muchacho pegó un salto para rematarlo cuando vio que el hombre estaba inconsciente y su puño golpeó el suelo sólo a centímetros de su cara mientras gritaba.

—¡MALDITOS! ¿POR QUÉ?! —Inclinando su cabeza hacia arriba para que pudieran verlo sus enemigos.

Ying se acercaba a lo lejos. La mujer traía algo en sus manos.

Al acercarse vio que traía unas jeringas y sin decir palabra inyectó una en el profesor que estaba inconsciente sobre el suelo. Carlos se hizo para atrás dejando que la mujer completase el trabajo, en ese momento dejó de escuchar la música y el traje se desactivó.

Luego de que Ying inyectó con los tranquilizantes a Rick, este pareció que se hubiera despertado, pero con un grito empujó a la mujer que salió rodando para quedar tendida sobre el suelo boca abajo. El profesor se estaba levantando, aunque parecía que sus piernas no estuvieran reaccionando por los efectos del tranquilizante.

Carlos corrió hacia Ying mientras veía como el hombre intentaba ponerse de pie entre gritos.

—Debes salir de aquí, esto se ha vuelto demasiado peligroso. —Le dijo a la mujer que se incorporaba adolorida.

—Debemos subir la dosis del tranquilizante, aunque temo que sea muy peligroso. No sé qué hacer. —Le dijo la mujer con expresión confundida. Los rasguños en la frente y el rostro de Ying eran cortes leves, sin embargo, el muchacho no quería que se expusiera más de lo que había hecho.

La puerta se abrió y tres hombres irrumpieron en la habitación. Venían con armas eléctricas y mientras uno se acercaba al profesor, los otros dos lo hacían hacia la pareja.

—¡Debes salir ya mismo de aquí! —Le dijo a Ying quien lo miró y asintió.

El muchacho activó el traje parándose frente a Ying. La mujer estaba débil aún como para correr. Se movió hacia atrás y buscó algo con lo que defenderse de los atacantes.

El primer hombre se lanzó sobre Carlos como si el bastón eléctrico fuera una espada de esgrima mientras que el otro lo flanqueó para darle de lleno con un *shock* eléctrico sobre sus costillas.

El muchacho había logrado evadir la primera estocada, pero algo estaba pasando con el traje porque súbitamente se apagó y no pudo evadirse del *shock* eléctrico que fue detonante sobre su cuerpo. Los hombres se acercaban esta vez aprovechando que estaba caído sobre el suelo. Volvió a activar el traje que respondió y pudo ponerse de pie. El primer hombre se había acercado a Rick y lo derribó antes de que pudiera levantarse cayendo al suelo como una bolsa pesada. Luego de reducirlo, se acercó a sus compañeros para terminar con Carlos y Ying. El cuerpo de Rick estaba inerte. El muchacho no se había percatado de la situación hasta que vio al otro atacante sumarse a la pelea. Carlos flexionó sus piernas y movió uno de sus brazos hacia atrás poniéndose en posición defensiva. Los hombres comenzaron a atacar al muchacho que fue esquivando y golpeándolos en movimientos circulares. El traje se había apagado nuevamente y Carlos sintió que debía confiar en sí mismo una vez más.

Recordaba las clases de su profesor de *capoeira* en las que le decía que, sin importar cuantos enemigos lo tuvieran rodeado, siempre debía salirse del círculo cuando lo rodearan. En ocasiones, la fuerza del enemigo podía jugar a su favor y eso es lo que debía hacer en ese momento.

El muchacho tomó el brazo de uno de los agresores y saltó por encima de él esquivando a los otros dos. El brazo del atacante se dobló pegando un giro que lo hizo caer de espaldas sobre el suelo. El golpe lo había hecho perder la respiración y el muchacho le dio una patada llamada «*aú batido*» que lo dejó inconsciente.

El segundo atacante comenzó a lanzarle golpes y el muchacho los esquivaba agachándose y moviendo su centro de gravedad hacia los costados hasta que vio la brecha y en posición defensiva pudo conectar un golpe en la quijada con una técnica llamada «*martelo de negativa*» que consiste en concentrar el poder del golpe apoyándose en una mano sobre el suelo y llevando esa energía en una poderosa patada. El hombre salió impulsado hacia un lado cayendo inerte sobre el suelo y golpeándose contra una trituradora de papeles.

El tercer hombre no tuvo oportunidad de atacar a Carlos, porque algo lo tomó por sorpresa. Rick había vuelto en sí, y con dos movimientos frenéticos, torció el cuello del individuo cuya última mirada fue de sorpresa y horror.

Rick gritó nuevamente y se lanzó contra Carlos quien, en vano, intentó activar el traje que no respondía. Sin pensarlo dos veces, lanzó una patada al profesor que con gran velocidad logró tomarlo de la pierna como adivinando su movimiento. El muchacho saltaba sobre una pierna intentando liberarse y el profesor hundió uno de los dedos de su mano en la pierna del joven. Carlos gritó de dolor y producto de la desesperación, golpeó a Rick hasta que este lo soltó.

El muchacho cayó al suelo tomándose la pierna y el profesor cayó de rodillas como luchando internamente. Lentamente fue arrastrándose hacia el muchacho que buscaba algo para defenderse mientras su pierna comenzaba a sangrar y el dolor se hacía cada vez más insoportable.

Rick se lanzó sobre el muchacho y lo golpeó.

—¡Rick!! ¡Detente! —Le decía—. ¡Soy Yo! —Le gritaba el muchacho intentando detener los golpes.

Rex estaba observando todo a través de unas cámaras de seguridad ubicadas estratégicamente en la habitación como disfrutando de una película violenta.

Por un breve lapso le pareció que Rick se detenía a mirarlo y los golpes frenaban para luego continuar buscando arrancar la máscara del joven y tomarlo del cuello.

Uno de los golpes dio de lleno en la cara de Carlos quien pensó que todo había sido en vano y fue en ese momento, a punto de darse por vencido, que vio como el profesor se arqueaba hacia atrás. Ying había clavado el bastón eléctrico en su espalda.

Rick cayó hacia un costado aullando de dolor mientras la mujer ayudaba al muchacho a alejarse de él e incorporarse.

El profesor salió corriendo y golpeó contra el vidrio del sector de servidores que estaba en llamas. Al llegar se levantó apoyándose sobre una de las estructuras iluminadas y giró la cabeza hacia la pareja que estaba ayudándose mutuamente. Ying se acercaba con una dosis más de tranquilizante. La mujer sabía que era a todo o nada y debía actuar rápidamente. El hombre había caído sobre una de sus rodillas nuevamente y la mujer le clavó la aguja en el hombro. El hombre grito y levantando su brazo le dio un golpe que hizo caer a la mujer al suelo. Una pequeña foto se deslizó del bolsillo interno del traje de Rick que se estaba moviendo lentamente para terminar con la mujer. Cuando vio la foto de su hijo se quedó paralizado, como si los recuerdos y las dosis de tranquilizantes hubieran creado una brecha lo suficientemente fuerte como para detener el efecto de la droga. La mujer lo vio mirando la foto y le dijo:

—Es tu hijo Rick. Sé que puedes escucharme. Debes resistir, hemos venido a rescatarte. Esto no debe terminar así, todo lo que hemos hecho, fue en memoria de tu hijo —dijo la mujer que había estallado en un mar de lágrimas.

El profesor pareció volver a su humanidad por una fracción de segundo en la cual miró con sus ojos enrojecidos a la mujer. Volvía su mirada a la foto y a la mujer. Una convulsión lo hizo girar su cabeza hacia atrás mientras intentaba levantarse.

—Tú puedes luchar contra la droga Rick. ¡Debes hacerlo! —Le dijo la mujer. A lo lejos Carlos se acercaba apoyado contra las mesas para acelerar su paso.

El profesor gritó y sus manos fueron hacia su rostro. Tomándose la cabeza parecía que dentro estuviera llevándose a cabo una batalla de proporciones titánicas. Dos fuerzas que buscaban sobreponerse, una sobre otra.

La mujer lo vio lanzarse sobre ella, pero Ying no era el objetivo. Rick pasó a su lado tambaleándose y fue directo a tomar la caja de cables en corto circuito que iba a caer sobre Ying y con un gritó final, se aferró a los conectores eléctricos que sobrecargaron la línea y lo electrocutaron.

Algunos de los equipos estallaron y otros explotaron mientras el hombre temblaba tomado los cables de alta tensión.

Algunas llamas se propagaron por los cables y alcanzaron los escritorios repletos de papeles que comenzaron a arder.

Fue cuestión de tiempo para que algunos equipos comenzaran a estallar en cadena en la gran habitación. Carlos había llegado a ver como Rick caía al suelo luego de haberse electrocutado. Sintió como si una mano invisible hubiera apretado su corazón. Ying estaba llorando y el muchacho se acercó instintivamente al profesor para ver si aún seguía con vida.

Dio vuelta el cuerpo del hombre y con sorpresa vio como sus ojos habían vuelto casi a su normalidad, pero estaba quemado debido a la electrocución. El hombre lo reconoció y su rostro dibujo una sonrisa en una mueca.

—Rick, estamos aquí, vinimos por ti —dijo Carlos mientras sus ojos se llenaban de lágrimas.

El profesor arqueo sus ojos y su sonrisa se relajó al ver que se trataba de Carlos.

—Estoy contento… —dijo el hombre que vio a Ying acercarse a ellos— …he tomado la mejor decisión al darte el traje.

La mujer acariciaba su cabeza mientras le decía que estaban allí por él. Rick la miró y en sus ojos pudieron transmitirse muchas cosas para las cuales no había tiempo de decir en palabras.

—Debemos sacarte de aquí —dijo Ying con un hilo de voz.

Rick apenas podía moverse, y mirando a Carlos, le dijo:

—Cuando te mires al espejo… musical… es lo que necesitas para… destruir a Kacique. —Le dijo y acto seguido cerró sus ojos lentamente. Su cuerpo estaba inerte, había dejado de sufrir.

Carlos estaba paralizado y Ying fue quien tomó la iniciativa sobreponiéndose a sus lágrimas.

—Debemos salir antes de que quedemos atrapados en este infierno. —Le dijo mientras el muchacho apenas lograba coordinar sus movimientos.

La puerta estaba cerrada. Intentaron forzarla mediante golpes, pero era como si estuviera sellada. Carlos buscaba instintivamente algo para hacer palanca cuando de pronto, la puerta se abrió sin explicación alguna. Antes de salir, Ying volteó su mirada hacia Rick y sin poder contener sus lágrimas dijo:

—Ya podrás ver a tu hijo.

Carlos parecía perdido y fue Ying quien se dio vuelta y lo tomó del hombro para que se fueran.

Salieron antes que el fuego pudiera dejarlos atrapados en la habitación. La alarma de incendios se había activado en todo el complejo y no tardarían mucho en llegar los bomberos y la policía.

El calvario de Rick había terminado y finalmente descansaba en paz.

Epílogo

C indy estaba preparándose para salir hacia el trabajo. Como todas las mañanas, solía ejercitar un poco corriendo veinte minutos. Al salir vio el sobre en el buzón. Era de la clínica donde se había hecho los estudios.

Decidió volver a entrar para leer el correo, la ansiedad y curiosidad eran más fuertes que ella. Se acercó a la ventana y abrió el sobre mientras veía como los rayos del sol despuntaban sobre las ramas de los árboles tomándose un vaso con agua. Mientras leía se le cayó el vaso con agua y se detuvo de golpe inclinando su cabeza como abatida. Su brazo caía pesadamente mientras la carta se deslizaba de sus manos. Las primeras lágrimas fueron como el inicio de una tormenta, pues rodaron hasta que estalló en un llanto que parecía no tener consuelo.

Se arrodilló contra la pared acurrucada sin poder contenerse. Luego de unos minutos, levantó la carta, fue a lavarse la cara y en el baño nuevamente volvió a estallar en lágrimas. Le envió un mensaje a su amiga Megan. «No me siento bien. Cúbreme hoy por favor».

Luego de unos minutos pensó en enviarle un mensaje a Carlos. Se sentía completamente abatida, pero decidió que en ese momento necesitaba estar sola.

***

El indicador mostraba en las pantallas varias luces verdes y una imagen tridimensional de una silueta humana con un traje de colores azules y rojos. La computadora se conectaba con un equipo controlador y la disposición de los monitores había cambiado ahora en una estructura que parecía salida de una película de ciencia ficción. Sentada detrás de toda esa infraestructura tecnológica, Ying monitoreaba la finalización del proceso cuando recibió una llamada.

—Hola Ying —dijo Carlos quien apareció en video llamada del otro lado—. Recibí tu mensaje, ¿cómo están tus heridas?

—Hola. Recuperándome, al igual que tu —dijo la mujer calmada. En su cara persistían las marcas de los golpes y algunos cortes menores producto del ataque en SkyGold.

—Es bueno escuchar eso. Yo estoy mejor —dijo el muchacho—. Esta vez casi no lo logramos, porque el traje se descargó durante la última pelea. ¿Se te ocurre alguna forma de solucionarlo?

—Te tengo buenas noticias, he realizado algunas modificaciones adicionales en el diseño tal como me lo pediste. El cinturón será la fuente de energía adicional con lo cual se podrá evitar una situación como la de quedarte sin energía cuando estés en problemas. He mejorado la máscara integrándola con la capucha que me diseñaste y me ha llevado unos días descifrar el sistema de pigmentación del traje, pero el resultado será increíble. También he logrado crear unas mejoras que serán muy convenientes y que te darán más dinamismo. Te estoy enviando una imagen de la finalización de simulación. Debes traer el traje para realizar las modificaciones.

—Eres increíble, creí que ibas a tomarte un tiempo para reponerte luego de lo que vivimos estos últimos días. —Le dijo Carlos abriendo sus ojos sorprendido.

—Han interferido mis cuentas bancarias y también mis correos. Borraron todo y lo peor es que incendiaron mi departamento. Por suerte tuve la oportunidad de sacar lo más valioso y moverme a un lugar en el que no creo que me puedan encontrar. Están detrás de mí y si me atrapan, será cuestión de tiempo para que lleguen a ti —dijo la mujer.

—Entonces, ¿cuál es el próximo paso? —dijo el muchacho en tono serio.

—Como se suele decir, no hay mejor defensa que un buen ataque. —Le dijo Ying—. Así que necesitamos hacer esos ajustes y calibrar las nuevas modificaciones.

—Y descubrir qué me quiso decir Rick antes de morir. —Le dijo repitiendo lo que recordaba de la frase del profesor mencionando un espejo musical como clave para destruir a Kacique.

—¿Quién es Kacique? —dijo el muchacho en voz alta, intrigado.

—No lo sé, nunca había escuchado ese nombre. Pero seguramente Rex sabrá de quien se trata.

—A ese maldito, lo haré pagar por todo esto. Iré por él y luego por Kacique —dijo el muchacho lleno de ira.

—Por eso debemos hacer nuestra jugada antes que ellos —dijo la mujer.

—Y lo del espejo musical, no sé a qué se refería Rick. ¿Por qué me hablaba siempre en clave?

—Porque sabía que es algo que tú podrás conectar. Él no dejaba nada al azar. Vamos paso por paso y empecemos por el traje. —Le dijo la mujer mientras el muchacho asentía del otro lado.

—Voy para allá, nos vemos al rato. —Le dijo y cortaron la comunicación.

Se tiró la capucha sobre su cabeza y salió a encontrarse con Ying. En el patio de su casa Christopher estaba jugando al baloncesto con unos amigos.

—Hola Carlos, quieres que hagamos tres de tres. —Le dijo Chris.

—Debo hacer algo importante hermanito, a la vuelta podremos hacer unas encestadas —dijo y luego de saludarlos, se dirigió a ver a Ying.

El muchacho sentía su cuerpo adolorido, por más que hubiera querido, en ese momento sólo podría mirarlos jugar.

Al llegar Ying estaba esperando. Carlos bajó el bolso con el traje y la mujer lo colocó en un dispositivo rectangular que parecía una heladera. Conectó algunos cables a unas terminales y procedió con el proceso de pigmentación. El traje fue cobrando unos colores rojos y azules que le daban una superioridad visual. Era imponente.

La mujer ajustó la capucha con los auriculares, y presentó el nuevo cinturón, basado en una de las pasiones de Carlos que estaba sorprendido y emocionado.

—Pruébatelo. —Le dijo Ying indicándole que podía tomar el traje y los accesorios—. Luego haremos unas pruebas y lo calibraremos.

Carlos se puso el traje. Al activarlo, sintió como los dolores de su cuerpo iban sanando de a poco. Salió de la habitación y cuando Ying lo vio movió la cabeza lentamente en forma afirmativa.

—Ahora realmente has dejado de parecer un vigilante para convertirte en un héroe con poderes —dijo la mujer.

El muchacho se acercó a un espejo con el que pudo ver el traje en todo su esplendor. La mujer tenía razón, M-Clave finalmente se había convertido en algo grande.

Ahora podría hacer lo que más quería, ayudar a todas las personas que más lo necesitaban. Un héroe había llegado a defender a la ciudad... su ciudad.

***

La pantalla de televisión mostraba el incendio de la empresa de tecnología SkyGold. Los daños materiales se habían extendido por la explosión de algunos productos químicos que los forenses aún no habían podido identificar. El cuerpo sin vida del profesor Rick Thomas, que había sido reportado como desaparecido, fue encontrado dentro de un laboratorio en el cual se fabricaba Hyostine, entre otras drogas. Se lo vinculó con una organización delictiva y los abogados de SkyGold negaron tener conocimiento acerca de que el profesor Thomas estuviera vinculado con la fabricación de la droga. De hecho, habían denunciado su desaparición.

Según las imágenes aéreas el incendio había sido de una magnitud importante y los helicópteros de varios noticieros buscaban imágenes frescas del incidente.

La policía había abierto una investigación que comenzaría por los operarios que estaban ese día en la empresa y los expedientes de ingreso y egreso que se habían movilizado en el último mes.

Detrás de un escritorio amplio de roble, un hombre miraba las noticias desde las sombras. Las luces iluminaban parte de la habitación y en la parte frontal del escritorio se veía un tapizado con unos símbolos extraños. Un asistente vestido de negro entró en la habitación y le acercó un intercomunicador satelital. Luego de entregárselo se quedó parado al lado del escritorio.

El ejecutivo ingresó algunos códigos y luego de unos segundos, alguien atendió del otro lado.

—Hola Kacique —dijo Rex reconociendo a su interlocutor.

—No puedo permitir más cabos sueltos. Redobla los esfuerzos para terminar mi encargo y comienza con el próximo proyecto. Enviaré a alguien que se ocupe de recuperar el traje.

Del otro lado la señal se cortó y el hombre arrojó el intercomunicador sobre el escritorio.

Luego mirando fijamente las noticias dijo a su asistente:

—Deja entrar a mi invitado —dijo con tono firme y sin titubear.

El asistente asintió con su cabeza y se dirigió hacia la salida mientras detrás del escritorio, el hombre encendía un puro y luego de una pitada, lo apoyó en un cenicero de cristal.

Un hombre que parecía el músico de una banda de metal entró en la amplia oficina con una alfombra gruesa de color gris. Vestía un traje de cuero y unas botas oscuras. Su pelo rubio caía por su rostro de facciones rectas casi ocultándolo y cargaba una guitarra muy particular.

—Finalmente nos conocemos —dijo con acento europeo—. ¿Qué puedo hacer por ti?

—Gracias por venir William Dart. Necesito que recobres algo que me robaron. Es un traje muy especial y no me importa si te deshaces del que lo tiene puesto, porque nadie me roba a mi —dijo el hombre acercándose a la luz—. Nadie que roba a Kacique vive para contarlo. ¡Quiero ese traje YA!

El hombre rubio asintió con una sonrisa y salió de la habitación con su guitarra tan rápido como había entrado.

www.ingramcontent.com/pod-product-compliance
Lightning Source LLC
Chambersburg PA
CBHW060433130626
46555CB00005B/2331